KB273690

차마고도

| 길 위의 존재 수업 |

茶
馬
古
道

Walking the Tea-Horse Road:
A Journey into Being

차마고도
-길 위의 존재수업

제1판 1쇄 발행 2026년 2월 5일

저자   류현미
펴낸이   김덕문
편집   손미정
디자인   놈normmm
영업   이종률
제작   정우미디어

펴낸곳   더봄
등록일   2015년 4월 20일
주소   서울시 마포구어울마당로 130 기린빌딩 3105호
대표전화 02-975-8007 ‖ **팩스** 02-975-8006
전자우편 thebom21@naver.com
블로그   blog.naver.com/thebom21

ⓒ류현미, 2026
ISBN 979-11-92386-50-8 03810

차마고도

| 길 위의 존재 수업 |

茶
馬
古
道

Walking the Tea-Horse Road:
A Journey into Being

류현미 지음

더봄

길은 인간이 쓴
가장 오래된 언어

길은 문명 이전의 문명이었다. 인간이 처음 땅 위에 발자국을 남겼을 때 그것은 단순한 이동이 아니라 존재의 기록이었다. 길은 인간이 세상과 대화하기 시작한 최초의 언어였고, 서로 다른 생명이 서로를 향해 나아간 첫 문장이었다.

차마고도茶馬古道는 그 오래된 언어의 한 장章이다. 차를 실은 말들이 험준한 고개를 넘으며 숨과 바람, 땀과 기도가 뒤섞인 길 위에서 인간은 문화를 나르고 영혼을 건넸다.

그 길을 따라 걷다 보면 문명은 돌과 흙으로 이어진 길 위에서 관계와 숨결로 이어진 하나의 생명체임을 알게 된다. 길은 발로 만들어졌지만 그 길의 의미는 늘 우리의 마음 속에 머물고 있다.

나는 그 길에서 '속도'가 아닌 '깊이'를 배웠다. AI가 지식을 실어 나르는 오늘, 인간은 다시 묻는다.

"길을 걷는다는 것은 무엇인가?"

"나는 지금 어디로 가고 있으며 무엇을 위해 가고 있는가?"

이 책은 그 물음에서 시작되었다. 차마고도는 과거의 유적이 아니라 지금 이 순간에도 살아 있는 사유의 길이다. 그 길 위에서 나는 문명이 아니라 인간을 보았다. 문명은 진화하지만 인간의 본질은 언제나 길을 걷는 존재로 남는다.

급변하는 시대에도 우리가 잃지 말아야 할 것은 기술이 아니라 길의 존재 의미이다. 서로를 향해 걷는 발걸음, 다름 속에서도 이어가는 마음, 그리고 고요 속에서 들리는 존재의 숨결이 그것이다.

나는 왜 차마고도를 걷게 되었는가

2025년 8월, 차마고도의 길 위에서 나는 스스로에게 물었다.

"왜 차마고도였을까?"

계획도, 모험도 아니었다. 그것은 삶의 고통 속에서 태어난 여정이었다. 코로나 팬데믹의 어두웠던 시절, 나는 외식업체를 운영하고 있었다. 모든 것이 멈추고, 사람들의 발길이 끊겼다. 경제적 어려움보다 더 힘든 것은 막막한 마음이었다. 그 무게는 밤마다 편두통으로 찾아왔고, 나는 그 고통을 견디지 못해 새벽에는 늘 산으로 향했다.

처음엔 단지 숨을 돌리기 위한 발걸음이었다. 그러나 어느새 나는 산을 오르며 나 자신을 되찾고 있었다. 고통은 길이 되었고, 그 길은 나를 더 높은 곳으로 이끌었다.

탄자니아의 킬리만자로$_{5,895m}$, 히말라야의 안나푸르나 토롱패스$_{5,416m}$, 말레이시아의 키나발루산$_{4,095m}$, 대만의 옥산$_{3,952m}$, 몽골의 하샤산$_{2,444m}$과 엉거츠산$_{2,085m}$, 중국의 삼청산$_{1,817m}$과 황산$_{1,864m}$까지.

산마다 나는 조금씩 다른 나를 만났다. 그리고 마침내 그 모든 길의 연장

선에서 차마고도를 만났다. 그곳은 단순한 여행지가 아니었다. 고통으로 시작된 나의 여정이 존재의 길로 변모한 자리, 삶의 이유를 다시 배우는 수업이자 교실이었다.

고요한 길 위에서, 존재를 배우다

차마고도에서 내가 본 것은 교역의 흔적이 아니었다. 서로를 향해 나아간 인간의 발자국이었다. 그 발자국마다 숨결이 있었고, 의지가 있었다. 길은 단지 공간의 이동이 아니라 시간과 영혼의 순례였다. 그 순례는 지금도 우리 안에서 계속되고 있다.

이 책은 그 오래된 길 위에서 내 존재가 다시 태어나는 이야기다. 차마고도를 따라 걷던 여정이 결국 내 안의 길, 존재의 귀향歸鄕으로 이어졌기 때문이다.

이제, 나는 그 길을 독자에게 건넨다. 당신의 인생에도 차마고도가 있다. 그것은 바깥의 길이 아니라 당신 안의 고요로 통하는 길이다.

걸어라. 세상은 당신의 발자국으로 새로 기록될 것이다.

이 책은 고요한 길 위에서 내면을 배우는 존재 수업이다.

길은 바깥에 있지 않았다. 진정한 길은 내 안에서 시작되어 다시 내 안으로 돌아오는 순례였다.

지금, 당신도 그 길 위에 서 있기를 바란다.

고요한 길을 걷는 자에게 존재는 마침내 말을 건넨다.

길은 혼자서 완성되지 않는다

이 책은 한 사람의 발걸음으로 시작되었지만 수많은 마음의 온기로 완성되었다. 차마고도의 흙길 위에서 나를 맞이한 고원의 바람, 마을의 아이들, 찻잔을 건네며 미소로 인사하던 낯선 얼굴들 - 그들 모두가 이 여정의 스승이었다.

무엇보다 오랜 세월 곁에서 '인간에 대한 믿음'을 지켜준 가족에게 깊이 감사드린다. 그들의 미소와 기다림이 없었다면 이 길은 끝까지 이어질 수 없었을 것이다. 그들은 언제나 침묵으로 나를 지탱한 보이지 않는 첫 번째 길이었다.

인생의 고도를 함께 넘으며 사유의 숨을 나눈 동료와 제자들, 그리고 사단법인 식문화세계교류협회의 모든 가족들에게 감사의 마음을 전한다. 그들의 존재가 있었기에 사람과 사람 사이의 길이 얼마나 깊고 따뜻한지 배울 수 있었다.

차마고도 여정에 함께해 주신 중앙승가대 월우 총장님과 도반님들, 다도와 차 관련 사진을 제공해 주시고 따뜻한 격려와 맑은 영혼의 길을 알려주신 일양차문화연구원 박천연 회장님, 그리고 중국보신그룹 야오이춘 총재님과 학교 관계자분들께 깊이 감사드린다. 그들의 손길은 길 위의 돌 하나, 바람 한 줄기처럼 나의 걸음을 넉넉히 이끌어주었다.

또한 각국의 문화를 전하며 다리를 놓는 대사님들과 묵묵히 원고를 다듬어준 연구자와 편집진, 그리고 삶의 길목마다 등불처럼 함께해준 모든 분들께 감사드린다. 그들의 존재가 세상과 나를 이어주는 또 하나의 길이었다.

특히 KAIST에서 20여 년간 '커뮤니케이션 훈련'을 맡아 인성 리더십 교육에 헌신해온 박영찬 교수님의 깊은 통찰과 따뜻한 격려는 이 책의 뿌리를 단단히 세워준 귀한 선물이었다. 책의 원고를 정리하며 나는 배웠다.

길이란 가르침이 머무는 곳이 아니라 마음이 깨어나는 자리라는 것을.

이 모든 분들의 눈빛 속에서 나는 다시 배움의 이유와 가르침의 겸손을 배웠다. 성심껏 감사의 마음으로 이 글을 바친다.

길은 결코 혼자서 완성하지 못한다. 우리는 모두 누군가의 발자국 위를 걷고, 또 다른 이의 길을 비추며 살아간다.

이 책이 독자의 삶 속에서도 자신의 길을 다시 발견하고, 그 길 위에서 더 깊고 아름답게 존재하도록 돕는 작은 길잡이가 되기를 바란다.

차마고도의 하늘을 그리며
감선 류현미

인간의 삶에 대한 근원적인 통찰과
방향을 알려주는 의미 있는 길잡이

조완규_국제백신연구소 상임고문
(전 서울대학교 총장·전 교육부 장관·한국과학기술한림원 초대 원장)

차마고도는 사람이 사람에게 건네던 가장 오래된 질문의 길이자
문명의 첫 언어가 조용히 흐르던 통로였습니다.

이 책은 풍경을 설명하지 않습니다.
대신 그 풍경 앞에 선 인간의 멈춤과 침묵을 기록합니다.
말은 줄어들고 질문은 깊어지며, 우리는 문명이 어디에서 왔고 앞으로
어디로 가야 하는지를 자연스럽게 되묻게 됩니다.

과학과 국가, 세계의 현장에서 미래를 설계하는 일에 오래 몸담아 온 제
게 이 책은 뜻밖에도 가장 근원적인 자리로 돌아가게 했습니다.

기술의 진보가 아무리 눈부셔도 문명의 방향은 결국 인간의 내면이 결
정한다는 사실을 차마고도는 말없이 일깨워 줍니다.

오랜 시간 삶의 리듬과 절제를 통해 몸과 정신의 균형을 지켜온 지금의
제게 이 책은 다시 한 번 인간다운 삶의 본질을 환기시켜 주었습니다.

차마고도는 그 깊이를 회복하게 하는 길이며, 이 책『차마고도, 고요한
길 위의 존재 수업』은 그 길 위에서 건져 올린 조용하지만 오래 남을 문
명의 성찰입니다.

AI 디지털 시대를 살아갈 미래 세대에게도 이 책이 인간의 삶에 대한 근
원적인 통찰과 방향을 알려주는 의미 있는 길잡이가 되리라 믿습니다.
축하합니다.

| 목차 |

4   저자의 말
10   추천의 글

16   제1부_땅의 숨결을 따라 존재가 깨어나다

20   1장. 고요한 길 위에서
      차마고도茶馬古道, 존재의 학교에 들어서다

28   2장. 차마고도 마방의 삶
      말을 타고 길 위에 새긴 삶의 이야기

38   3장. 설산을 넘다, 차가 티베트의 운명을 바꾸다
      차와 말이 뒤섞인 생존의 계약, 티베트인의 차 사랑의 뿌리

48   4장. 샹그릴라, 기도의 바람과 음식의 향
      '이상향'은 멀리 있지 않다, 지금 여기에 있다

60   5장. 황금빛 곡선, 금사강 제일만
      장강 상류 금사강이 펼치는 황금의 물결

68   6장. 매리설산 전망대에서
      하늘이 내려앉은 자리, 매리설산의 주봉 카와거보

76   7장. 옌징, 티베트 동부 천년의 소금밭
      마방의 숨결이 서린 자급자족 '소금의 길' 옌징鹽井

86   8장. 티베트의 문, 홍라패스를 넘으며
      란창강 대협곡과 협곡 사이, 존재는 숨을 고른다

94   9장. 차마고도에서 가장 높은 경계, 둥따산 패스에서
      구름 위를 걷는 자, 길 위에 '나'를 묻다

104 **제2부_하늘과 맞닿는 고도에서 고요를 듣다**

108 10장. 하늘 초원, 방다에서
장대한 자연 속에서 존재의 본질을 직면하다

122 11장. 미퇴빙천, 눈과 물이 만나는 티베트의 정원
빙하의 숨결이 호수가 되고, 란우호로 흐르는 생명의 근원

134 12장. 자연의 숨결이 머무는 티베트의 스위스, 보미
빛과 안개의 고요, 계절이 숨 쉬는 보미의 산맥을 오르다

142 13장. 숲의 바다 루랑림해魯朗林海, 써지라산 전망대
숲이 바다가 되고, 바람이 기도가 되는 곳

154 14장. 하늘 위의 상징, 포탈라궁
티베트 불교 문화의 상징, 마음으로 오르는 궁전

166 15장. 티베트의 맥박, 조캉사원大昭寺
오체투지 순례가 멈추고 기도가 시작되는 곳

178 16장. 기쁨의 천상, 간덴사원甘丹寺
가장 높은 사원에서 만난 내면의 확장

186 17장. 세라 사원, 살아있는 배움의 장에서
티베트 3대 사원의 마지막 여정

194 18장. 천불암에서, 향 속에 깃든 천 개의 마음
향은 연기이고, 연기는 기도이며, 기도는 곧 삶이다

204   **제3부_사람을 만나다, 침묵을 배우다**

208   19장. 리장麗江과 샹그릴라香格里拉의 장터에서
순례자와 상인, 마방 – 각자의 길이 모이는 곳

216   20장. 경계에서 만난 사람들
윈난의 더친과 티베트의 망캉, 두 문화가 맞닿은 접경의 땅

224   21장. 침향을 만나다 – 눈과 영혼을 맑게 하는 차
향과 호흡의 철학, 차는 말 없는 기도였다

232   22장. 차를 나누다 – 삶은 결국 함께 마시는 것
언어보다 따뜻한 리장과 루랑의 차 문화

238   23장. 차 한 잔, 침묵이 말이 되는 시간
말보다 더 많은 것을 나누는 고요

244   24장. 운곡산장에서, 포도주의 노래
피곤한 이방인에게 건넨 잔 하나의 따뜻함

250   25장. 고원의 아이들 – 차마고도의 미래
미래는 아이들의 눈빛 속에서 태어난다

256   26장. 오늘의 차마고도 – 내가 살아가야 할 길
리장에서 라싸까지, 삶을 재정의하는 순례길

264   27장. 타인을 건너 나로 돌아오는 순례
여정의 끝에서 우리는 깨닫는다

276   **제4부_시간을 걷는 자, 문명의 숨결을 듣다**

280   28장. 인간이 남긴 시간의 흔적을 걷다
       말발굽 아래 겹겹이 쌓인 시간의 층위를 따라 걷다

286   29장. 문명의 발자국 – 실크로드와 차마고도의 교차점
       천 년의 고요, 신라 혜초대사의 깨달음의 길 위에서

292   30장. 서안西安 옛 성벽에서
       사라진 제국의 침묵 속에서 피어난 인간의 예술적 생명

302   31장. 차의 기원, 존재의 순례
       차의 고향 윈난雲南 고차수의 원형, 황실의 차 쓰촨성 몽정산

308   32장. 차와 명상의 미학 – 차와 선禪의 길
       다례茶禮의 정신, 차는 존재의 깊이를 나누는 매개였다

320   33장. 불교·도교·유교의 만남
       동양 사유의 교차로, '길 위의 철학'이 태어난 자리

328   34장. 차마고도는 길 위의 박물관
       벽화와 경전의 행렬, '이동하는 도서관' 차마고도

334   35장. 디지털 순례자 - AI 시대의 차마고도를 걷다
       AI 시대의 생태 철학, 자연을 거스르지 않는 생존의 법칙

340   36장. 시간을 걷는 자, 문명의 숨결을 듣다
       모든 길의 끝에서, 인간은 다시 자기 자신으로 돌아온다

348   **마침표를 찍으며**

제1부
땅의 숨결을 따라
존재가 깨어나다
기원과 지형,
생존과 경계의 길 위에서

**"길이 역사를 만들었고,
생존이 인간을 다시 정의했다."**

제1부는 모든 역사의 시작점,
차마고도의 첫 땅에서 출발한다.

이 길은 단순한 고갯길이 아니다.
인간이 태어나고, 버티고,
다시 일어서는 생존의 철학이 새겨진 길이다.

'땅'은 단순한 배경이 아니다.
그것은 존재를 깨우는 첫 호흡,
우리 마음속 깊은 곳을 울리는 생명의 진동이다.

우리는
'기원 → 지형 → 생존 → 경계'의
네 층을 따라 걷는다.
지형은 질문을 던지고,
노동은 삶의 철학이 되며,
길은 인간 문명의 모든 흔적을 품는다.

이제 다시 그 길 위에 서라.
당신의 삶이 어디서 시작되었는지,
그리고 인간이 어떻게 이 거친 땅 위에서
깨어난 존재가 되었는지
그 답을 당신의 발걸음과 숨결로 느낄 것이다.

**당신의 존재는 땅을 딛는 그 순간,
비로소 시작된다.**

우리는 모두 땅에서 태어나
그 위를 걸으며 자라고,
다시 그 품으로 돌아간다.

땅을 밟고, 길을 걷고,
몸을 움직이며 땀을 흘릴 때
비로소 '살아 있는 나'를 느끼게 된다.

땅은 인간의 가장 오래된 고향이자
아무 말없이 모든 것을 가르쳐주는 위대한 스승이다.
땅은 생명이 처음 깨어난 자리이자
존재의 첫 울림이 시작된 숨터이다.

길은 땅에 쓰인 시다

우리는 그 시를 따라 걷고
존재는 흔적으로 남는다.

차마고도茶馬古道,
존재의 학교에 들어서다

차마고도茶馬古道

차마고도는 고대 티베트와 중국 윈난雲南-쓰촨四
川을 잇는 고산 교역로였다. '티베트의 말'과 '중
국의 차'를 맞바꾸던 생존의 길로, 샹그릴라에서
티베트 창두를 거쳐 라싸로 이어지는 해발고도
3,000~5,000m 고원의 길이다. 새와 쥐만이 지
날 수 있을 정도로 험하여 '조로서도'鳥路鼠道라
불렸다.

남로南路는 윈난 푸얼에서 리장·샹그릴라를 지
나 티베트로 향했고, 북로北路는 쓰촨 야안에서
출발해 캉딩을 거쳐 라싸에 이르렀다. 송대宋代
에 '차마호시'茶馬互市 제도가 시행되며, 차는 화
폐처럼 설산과 협곡을 넘어 문명을 이어주었다.
험준한 길은 인간에게 질문이자 시련이었지만
그 위에서 사람들은 문명을 짓고, 신을 노래하
며, 삶의 의미를 길 위에 새겼다. 오늘날 차마고
도는 더 이상 교역의 길이 아니지만 그 발자국
은 여전히 인간의 내면을 향해 이어지는 '존재
의 길'로 남아 있다.

가장 오래된 길은 가장 깊은 나를 깨운다.
차와 말이 만난 곳, 삶과 죽음이 교차한 길 위에서
우리는 존재라는 이름의 첫 수업을 시작한다.

차와 말茶馬이 만난 길古道,
생존과 교류의 시작

하늘을 넘어 이어진 길, 차마고도茶馬古道.

그 시작은 단지 한 잎의 차, 그리고 한 마리의 말이었다.

서로 다른 땅에서, 서로 다른 생존의 이유로 그들은 서로를 향해 걸어왔다.

티베트의 고원에서 차茶는 생명이었다.

차 한 잔은 혹독한 추위 속에서 몸을 데우고 마음을 깨우는 숨의 온기였다.

중원의 제국에게 말은 문명이자 생존의 근간이었다.

국경을 지키고 대륙을 달리는 힘, 그것은 곧 한 나라의 존재의 요건이었다.

그래서 차와 말은 서로의 부족함을 채워주며 하나가 되었다.

이 길 위에서 문명은 처음으로 '숨'을 쉬기 시작했다.

차마고도는 교역로이기 전에 생명의 순환이자 인간의 이야기, 세상을 잇는 가장 오래된 시詩였다.

윈난의 산속에서 자란 푸얼차普洱茶가 설산과 협곡을 넘어 티베트의 심장에 닿을 때 그 길을 되돌아오는 자들은 소금과 말, 그리고 인간의 체온을 싣고 돌아왔다.

바람 속에서는 룽다풍마기·風馬旗가 나부끼고, 마방들의 발자국은 돌마다 문장을 새겼다. 그들이 옮긴 것은 단지 물자가 아니라 신앙과 인생, 그리고 인간의 마음이었다.

"길 위에는 교실이 없고, 교사도 없다.
그러나 모든 바람과 돌, 높은 산의 숨결이 나를 가르친다."

나는 그제야 알았다.
길이란 이동하는 것을 넘어 존재와 존재가 서로를 건네주는 조용한 통로임을.

문명은 글로만 남지 않았다. 그것은 침묵과 발자국으로 새겨졌다. 역사는 언어가 아니라 오랜 호흡으로 남았다.
차마고도는 실크로드보다 200년 앞서 인류가 처음으로 하늘을 넘은 길이었다. 중국의 윈난雲南과 쓰촨四川에서 시작해 티베트와 히말라야를 넘어 네팔과 인도까지 이어진 5,000㎞의 여정. 그것은 인간이 처음으로 지리의 경계를 넘어 정신의 세계로 들어선 길이었다.

그 길 위에서 나는 배웠다.
짐을 진 말의 느린 숨결, 돌의 따뜻한 온기, 노인의 눈빛 속에 담긴 침묵의 지혜를.

차마고도는 인간이 자신을 발견하기 위해 걸은
가장 오래된 질문의 흔적이었다.

그 모든 것이 내게 속삭였다.

"삶이란 걷는 문장이고, 존재란 언어 이전의 깨달음이다."

길이 먼저 있었다.
인간은 그 위를 걸으며 자신이 누구인지,
어디로 가야 하는지를 배워갔다.
차마고도의 시작은 세상의 길이 아니라
내 안의 고요로 들어서는 첫걸음이었다.

굽이진 능선 위, 바람과 바위의 흔적 속에서 나는 들었다.

"너는 지금, 존재의 학교에 들어섰다."

차마고도에는 시험도, 성적도 없다. 그 대신 하루의 걸음마다 배움이 새겨지고, 침묵 속에 깨달음이 피어난다.
지도로 걷는 길이 아니라 시간의 주름 속에서 문명이 숨 쉬는 길. 그곳에서 인간은 생존을 배우고, 고요 속에서 자신을 깨운다.

이제 길은 끝났지만 질문은 시작되었다.

"나는 어디서 와서, 어디로 가고 있는가."

나는 지금 어떤 길 위에 서 있는가?
내 삶의 '차'와 '말'은 무엇을 나르고 있는가?
세상의 소리에 가려 잊고 있던 나만의 숨결은 무엇인가?

차와 말, 그리고 나

한 잎의 차,
한 마리의 말.
그 만남이 산을 열고
사람의 길을 열었다.

그러나
가장 먼 여정은
산도, 바람도 아닌
내 안으로 들어가는 길이었다.

말을 타고 길 위에 새긴 삶의 이야기

생사의 고갯길과 마방의 흔적

윈난성 샹그릴라 북쪽 더친德钦에서 티베트 망캉芒康으로 이어지는 구간은 차마고도 남로가 티베트 심장부로 들어서는 가장 험준한 관문이다. 해발 4,000m 고원을 넘나들며, 금사강·란창강·누강의 협곡과 설산이 교차한다.

이 길을 오간 마방은 상인이자 짐꾼이자 용병이었다. 혹한과 폭설, 절벽과 고산병의 위험 속에서도 그들은 룽다를 걸며 생환을 기도했다. 그들의 발자국이 길이 되었고, 그 길 위에 문명이 세워졌다.

이곳은 교역로이기 전에 인간이 자연과 맞서 삶을 이어온 문명의 기록이다. 바래진 기도 깃발과 바람에 울리는 야크 방울, 바위에 새겨진 말발굽 자국은 시간이 남긴 존재의 증언이다.

"지도는 잉크로 그려지지만 길은 발자국으로 만든다."
차마고도는 문명이 말을 타고 길 위에 새긴
생존과 헌신의 서사시敍事詩였다.

잊혀진 길 위에 남겨진
문명의 자취

오래된 지도 위의 희미한 선.
그곳에는 수많은 발자국과 시간의 숨결이 남아 있었다.

누군가에게는 생존의 끈, 누군가에게는 이별의 고개였던 길.
선은 사라졌지만 그 위를 걸었던 사람들의 이야기는 여전히 대지 속에서 숨 쉬고 있었다.

지도는 길을 단순한 선으로 남기지만 길은 그 위에 다시 사람을 부른다.
나는 그 낡은 길에 발을 디디는 순간 과거의 숨결과 현재의 걸음이 겹쳐지는 것을 느꼈다.
그때부터 여정은 '이동'이 아닌 '대화'가 되었다. 시간과 존재가 서로를 부르는 대화.

마방馬幫의 행렬 선두에는 마궈투馬鍋頭·마방의 우두머리가 있었다. 그는 말의 눈빛을 읽고, 바람의 방향을 아는 사람이었다. 긴 여정을 앞두고, 그는 가장 강인한 말 두 마리의 목에 종과 방울을 달아 화려하게 장식했다. 그 맑은 울림은 '길의 시작'을 알리는 생명의 종소리였다.

험한 고산길에서 선두마는 길을 이끌고, 나머지 말들은 묵묵히 뒤를 따랐다. 그들의 행렬은 신뢰와 고독이 만들어낸 의식이었다.

마방이 떠나는 날이면 마을의 어른들은 오색 룽다를 매달고 향을 피웠다. 곡식을 태우며 가족의 무사귀환을 기원했다. 그 연기 속에는 두려움, 그리고 사랑과 희망이 함께 섞여 있었다.

티베트 사회에 있어 형제공처兄弟共妻라 불리던 독특한 풍습도 이 길의 험난함에서 비롯된 생존의 지혜였다. 한 형제가 떠나면 다른 형제는 남아 가정을 지켰다. 그것은 사랑의 방식이 아니라 삶을 잇기 위한 공동체의 약속이었다.

험난한 고산길 속에서 인간은 고통과 교환하며 문명의 이야기를 써 내려갔다. 호도협虎跳峽의 절벽길을 걸을 때 그들이 짊어졌던 무게의 절반이라도 느껴보고 싶었다. 말 한 마리엔 수백 킬로그램의 차가 실렸고, 그들은 해발 5,000m의 둥따산东达山과 홍라패스红拉山口를 넘나들었다.

그들의 걸음은 노동이 아니라 기도였다. 삶과 죽음의 경계를 오가며 가족의 얼굴을 품고 걷는 인간의 의식儀式이었다.

가장 험한 길은 매리설산梅里雪山으로 향하는 구간이었다.
해발 2,000m 협곡에서 하루 만에 5,000m 고지로 치솟는 급경사.

"열여덟 번은 쉬어야 오른다."

그 말은 단순한 거리의 수치가 아니라 생존이 시詩가 되는 순간이었다.

마방들은 고개마다 룽다를 걸고 매리설산의 주봉인 카와거보卡瓦格博, 해발 6,740m에 안녕을 빌었다.
아침엔 불경으로 하루를 열고, 저녁엔 말의 숨소리로 하루를 닫았다.
그들은 상인이자 순례자, 고통 속에서 희망을 배우는 사람들이었다.

눈 녹은 초원에서 그들은 차뿐 아니라 동충하초와 송이버섯 같은 귀한 약재를 캐며 살았다. 그들의 삶은 단순한 거래가 아니라 고난과 생명이 서로를 맞바꾸는 교환식交換式이었다.

길은 사라지지 않는다.
우리가 딛는 것은 땅이 아니라
시간의 기억이다.

옌징盐井의 소금 염전은 차마고도의 또 다른 심장이었다. 소금보다 짠 여인들의 땀과 기도, 햇빛 아래 반짝이는 흰 결정들. 그 손끝에서 피어난 생명은 이 길이 단순한 상인의 길이 아니라 모든 존재의 헌신으로 이어진 길임을 말해 준다.

이제 그 길 위에는 말발굽 소리 대신 자동차의 엔진이 달린다. 시간은 단축되었지만 길의 본질은 여전히 남아 있다.

색 바랜 룽다, 바람에 울리는 야크 방울소리.
그 모든 것이 살아 있었던 존재들의 언어로 나의 침묵과 대화했다.

잊힌 길 위에는 지워지지 않는 문명의 자취가 있다.
그 위에 발을 디딜 때 과거와 현재는 다시 하나의 시간으로 이어진다.

차마고도는 인간이 만든 길이 아니다.
대지가 인간을 시험하며 남긴 침묵의 문명사文明史였다.

길을 걷는다는 것은 지도를 따라가는 일이 아니라 우리의 흔적을 새로 써 내려가는 일이다.
길은 결국 시간의 문양, 존재가 새겨지는 또 하나의 기록이다.

지도는 끝나도 길은 계속된다.
그리고 그 길은 지금도 어딘가에서 여전히 걷는 사람을 기다리고 있다.

기억하는 길

바람은 지나가도
길은 기억한다.

누군가의 숨결이
돌과 바람 사이에 남아
나를 다시 걷게 한다.

나는 오늘 어떤 길 위를 걷고 있는가?
내 삶의 발자국은 무엇을 남기고 있는가?
과거의 숨결과 마주했을 때 나는 어떤 존재로 깨어나는가?

차와 말이 뒤섞인
생존의 계약,
티베트인의 차 사랑의 뿌리

차가 바꾼 티베트의 운명

641년, 당 태종의 딸 문성공주는 티베트 왕 송첸 캄포에게 시집가며 차와 비단, 불상, 기술, 서적을 전했다. 그 혼인은 문명과 신앙이 만난 '문화의 교차점'이었다.

혹독한 고원에서 태어난 수유차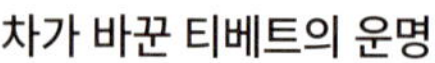酥油茶는 야크 버터와 소금이 만든 생존의 과학이자 수행의 도구였다.

중국의 차普洱茶와 티베트의 말이 오간 교역은 경제를 넘어 문명 간 '호흡의 계약'이었다. 매리 설산梅里雪山을 넘는다는 것은 단순한 이동이 아니라 자신을 초월하는 의식의 통과의례였다.

한 잔의 차가 설산을 넘어
한 문명의 운명을 바꾸었다.

차와 말이 교차한
생존의 서사

차마고도의 길목은 언제나 바람이 먼저 길을 열었다.
해발 5,000m 설산 위, 사람들은 차를 싣고 말의 숨결과 함께 문명을 교환했다.

"차茶를 말과 바꾸라."

그 한마디는 명령이자 생존의 약속이었다.
그리고 그 약속이 천 년의 문명을 바꿨다.

서기 641년, 당나라의 문성공주文成公主가 티베트 왕 송첸캄포松贊干布에게 시집갔다. 그 여정은 단순한 혼인이 아니라 문명과 신앙이 만나는 결혼식이었다.

공주는 차와 비단, 불경과 기술, 그리고 새로운 세계관을 싣고 설산을 넘었다. 그날 이후 티베트의 바람 속에는 차향茶香이 스며들었다.

한 잔의 차는 두 문명의 심장을 잇는 숨결이 되었다.
차는 단순한 음료가 아니었다. 고산에서 곡식이 귀하고 채소가 자라지 않던 시절, 차는 생존의 지혜였다. 몸을 덥히고 정신을 맑게 하며 티베트 인들의 하루를 지탱했다.

야크 고기 위주의 식사 속에서 차는 몸의 균형을 맞추고, 영혼의 중심을 세웠다. 한 잔의 차가 신앙의 맥박이 되었고, 수행의 길은 차의 온기로 시작되었다.

"문명은 교역으로 성장한 것이 아니라 서로의 결핍을 나누며 성숙해왔다."

중국은 말을 원했고, 티베트는 차를 원했다. 그 결핍이 서로를 이어주었다. 윈난雲南과 쓰촨四川에서 라싸拉薩까지 이어지는 길, 차마고도茶馬古道가 열렸다.

푸얼차普洱茶, 세월이 흐를수록 향이 깊어지는 차.
"마실 수 있는 골동품可以喝的古董"

일반의 차는 오래되면 빛을 잃지만 푸얼차는 기다림 속에서 더욱 향기롭다. 그 향은 시간이 발효시킨 문명의 향기였다.

한 편의 병차餠茶는 357그램, 7편을 묶으면 한 통이 2.5kg, 12통을 한 대바구니에 담으면 30kg, 말이나 야크의 등 양쪽으로 실으면 60kg, 말과 야크가 지고 넘기에 알맞은 무게였다.

자연과 인간이 맺은 조화의 숫자, 길 위에서 완성된 고원의 과학이었다.

마방들은 몇 달씩 설산과 협곡을 넘으며 '생명의 차'를 전했다. 그들의 발자국은 생존의 의지이자 세대를 잇는 믿음의 리듬이었다.

따리大理는 남조국南詔國의 수도로, 차마고도의 첫 관문이었다. 리장麗江은 나시족의 문화와 상업이 만나는 길목이었다. 쓰촨의 야안雅安에는 차와 말을 교환하던 차마고시茶馬古市가 있었다.

눈보라 속에서도 말의 발굽 자국은 얼음 위에 선명히 남았다. 그 흔적마다 문명의 맥박이 고요히 뛰고 있었다.

설산의 숨

차는 산을 넘어 숨이 되었고,
말은 그 숨을 싣고 걸었다.

눈이 내릴 때마다 새로운 길이 열렸고,
누군가는 물건을 옮겼지만 누군가는 영혼을 옮겼다.

버터차 한 잔은 생존의 철학이었다. 야크 버터와 소금을 섞은 수유차酥油茶는 체온을 지키고 염분을 보충하며 고산병을 막아주는 지혜의 과학이었다.

수행자에게는 마음을 맑게 하는 수행의 차, 평민에게는 하루를 견디는 기도의 차. 장차藏茶라 불린 흑차는 티베트의 생명을 지탱하는 숨결이었다.

차는 산을 넘어 신앙이 되었고, 말은 강을 건너 문명이 되었다. 교역은 단순한 거래가 아니라 서로의 생명을 이어주는 호흡이었다. 오늘날 천장공로川藏公路는 쓰촨에서 티베트까지 이어지지만 그 바람 속에는 여전히 옛 마방들의 숨결이 흐르고 있다.

바람조차 숨을 죽인 듯한 설산의 길. 말은 앞서지도, 뒤처지지도 않았다. 지형의 결을 읽으며 묵묵히 고도를 따라 걸었다. 그 눈동자 속에는 수천 번의 계곡과 고개의 기억이 담겨 있다.

"이 말은 길을 기억해요. 나는 그저 따라갈 뿐이에요."

마궈투의 그 한마디가 이 길의 본질이었다. 차마고도는 물건의 길이 아니라 의식意識의 길이었다. 차는 산을 넘어 문명을 잇고, 인간은 침묵 속에서 자신을 다시 태웠다.

한 잎의 차는 문명을 잇고,
한 걸음의 말발굽은 역사를 남겼다.

길은 여전히 설산 위에 있다.
이제 그 길은 우리 안에서 천천히 발효되고 있다.

하늘의 숨

바람은 길을 기억했고,
고요는 말보다 깊었다.

나는 다만
그 침묵 속에서
하늘의 숨을 들었다.

나는 지금 어떤 '존재의 고요'를 마주하고 있는가?
나는 언제, 말없이 누군가를 이끈 적이 있었는가?
나는 말보다 더 깊은 무언가로 세상을 안내하고 있는가?

'이상향'은 멀리 있지 않다, 지금 여기에 있다

샹그릴라香格里拉, Shangri-La**와 마니차의 상징**
윈난성 디칭迪慶 장족자치주에 위치한 샹그릴라
해발 3,200m는 차마고도 남로의 중심이자 라싸로
향하는 첫 관문이다. 옛 이름 '잠바링建塘, 평화의
땅'처럼 이곳은 교역과 순례가 만나는 평화의 도
시였다.

도시 중앙의 거대한 황금 마니차는 수십 명이 함
께 돌려야 움직이는 기도의 수레바퀴. 그 원운동
속에서 신앙과 일상이 한 호흡으로 이어진다.

샹그릴라는 마방과 승려가 같은 바람을 맞던 곳,
삶과 기도가 분리되지 않은 '살아 있는 신앙의
마을'이다. 이곳의 식탁에는 티베트의 버터, 윈
난의 향신료, 나시족의 채소가 어우러진다. 그
조화는 곧 다름을 품는 향의 철학, 차마고도가
이어온 문화의 숨결이다.

"향은 언어보다 먼저 마음을 연다."

이방인의 마음을 여는
향과 연기의 시간

샹그릴라의 아침은 소리보다 향이 먼저 깨운다.

사원의 종소리가 울리면 골목마다 향의 연기와 부엌의 김이 함께 피어난다. 기도와 식탁의 냄새가 섞인 공기 속에서 사람들은 하루의 첫 인사를 나눈다. 그 향은 이방인의 마음을 여는 첫 문이었다.

이곳은 전설 속 낙원이 아니라 삶이 곧 신앙이 되는 '현실의 이상향'이다. 영국 작가 제임스 힐턴의 소설 《잃어버린 지평선》Lost Horizon, 1933에서 비롯된 이름을 공식적으로 품은 도시, 윈난성 디칭迪慶의 샹그릴라香格里拉, Shangri-La.

해발 3,200m의 고원지대, 티베트 장족이 주로 살아가는 이곳은 신비의 도시 샹바라Shambhala, 香巴拉를 닮은 평화의 상징이다. 천년 동안 사람들은 이 하늘 아래에서 '환대의 문화'를 신앙처럼 지켜왔다.

고성古城 광장 중앙에는 세상에서 가장 큰 황금 마니차轉經筒가 천천히 회전한다. 수많은 손이 함께 밀어야만 움직이는 거대한 불륜佛輪. 그 원 안에 서면 알게 된다. 이곳의 삶은 곧 기도이며, 기도는 곧 호흡이라는 것을.

"옴 마니 반메 훔."

염송이 바람에 섞여 흐른다.
그 울림 속에서 인간과 신의 거리가 한 뼘 가까워진다.

기도가 끝나면 사람들은 식탁으로 모인다.
낯선 이를 맞이하는 것은 언제나 말보다 향, 손보다 온기다.

"먼 곳에서 왔더라도 한 그릇의 따뜻함은 낯섦을 녹인다."는 말처럼 향보다 따뜻한 것은 함께 나누는 손길이었다.

샹그릴라의 음식은 티베트, 윈난, 나시족 등 다양한 문화가 켜켜이 겹쳐 이루어진다. 고산의 단순함 위에 평원의 풍요로움이 얹히고, 윈난의 향신료가 스며들어 독특한 고원의 식문화가 탄생했다.

야크 버터차酥油茶.
소금, 버터, 찻잎이 어우러진 생명의 음료.
고산의 추위를 녹이고, 피로를 풀며, 마음을 맑게 하는 잔.
그 안에는 공존의 철학과 절제의 지혜가 담겨 있다.

참파糌粑는 볶은 보릿가루를 반죽해 만든 순례의 빵.
길 위에서 삶을 버티게 한 '휴대 가능한 신앙'이었다.

야크 샤브샤브, 티베트식 우동 '툭바'Thukpa, 속이 없는 만두 '모모'Momo
는 따뜻한 온기로 하루의 피로를 녹인다. 고산의 단백질과 평원의 향신
료가 만나 문명의 리듬을 만들어낸다현대의 장지성연호텔 등은 이러한 전통의 맛을 세련

되게 재해석해, 한 끼 식사 속에서 샹그릴라의 삶과 문화를 체험하게 한다

식탁에는 티베트의 버터, 윈난의 향신료, 나시족의 채소가 어우러진다.
그 조화는 마치 차마고도의 길처럼 다른 문명들이 부드럽게 섞여 새로
운 향을 낳는다. 샹그릴라의 식탁은 경계를 모른다. 기도의 연기와 음식
의 향이 한 호흡으로 이어지고, 그 순간 이방인의 마음이 열린다.

여행이란 풍경을 보는 일이 아니다. 기도의 바람과 식탁의 향을 통해 사
람의 마음을 배우는 일이다. 이곳의 신앙과 생존은 둘이 아니다. 향을 피
우는 손과 빵을 반죽하는 손, 그 둘은 모두 살아 있음에 대한 감사의 손
이었다.

숙소로 돌아오는 길, 거대한 마니차의 회전 소리가 바람에 섞여 귓가를
스쳤다. 그 울림은 내 안에서도 천천히 원을 그리며 돈다.

그날 나는 깨달았다. 문화란 무엇을 만드는 기술이 아니라 무언가를 내
어주는 마음의 방식이라는 것을. 그리고 느꼈다. 이상향은 멀리 있지 않
다. 지금, 이 향과 연기가 스며든 고요한 순간 속에 있다.

샹그릴라, 마니차의 숨

세상에서 가장 큰 마니차가
바람 속에서 천천히 돈다.
손끝마다 쌓인 기도가
향처럼 흩어진다.

고성 앞, 낯선 땅.
마음은 고요히 멈춘다.
기도를 마친 이들이
식탁에 모인다.

버터차 한 잔의 온기,
참파 한 조각의 단순함.
그 속에
삶과 세월의 향이 녹아 있다.

이상향은 하늘 위에 있지 않다.
지금 이 자리,
우리의 마음 안에 있다.

저녁의 식탁,
전통과 현대가 부드럽게 어우러져
하루의 리듬을 완성한다.

기도와 식탁, 신앙과 생존.
모두 하나의 숨결이었다.

돌아오는 길,
마니차의 회전 소리가
바람에 실려 귓가에 머문다.

그 소리는 내 안에서도
천천히 돌며
마음을 한 바퀴 맑게 닦아낸다.

샹그릴라의 하루,
내 안에 남은
부드러운 바람 한 줄기.
그것이
이상향의 진짜 이름이었다.

샹그릴라의 빛

향은
손보다 먼저
마음을 연다.

따뜻함이
낯섦을 녹이고,

고요 속에서
사람은 열린다.

그곳이
샹그릴라다.

나는 지금 낯선 이에게 어떤 '향기'로 다가가고 있는가?

말보다 먼저 마음을 열게 하는 나만의 환대는 무엇인가?

내 일상 속 '기도' 혹은 '한 그릇의 음식'은 어떤 의미를 지니는가?

5장. 황금빛 곡선, 금사강 제일만

장강 상류 금사강이 펼치는 황금의 물결

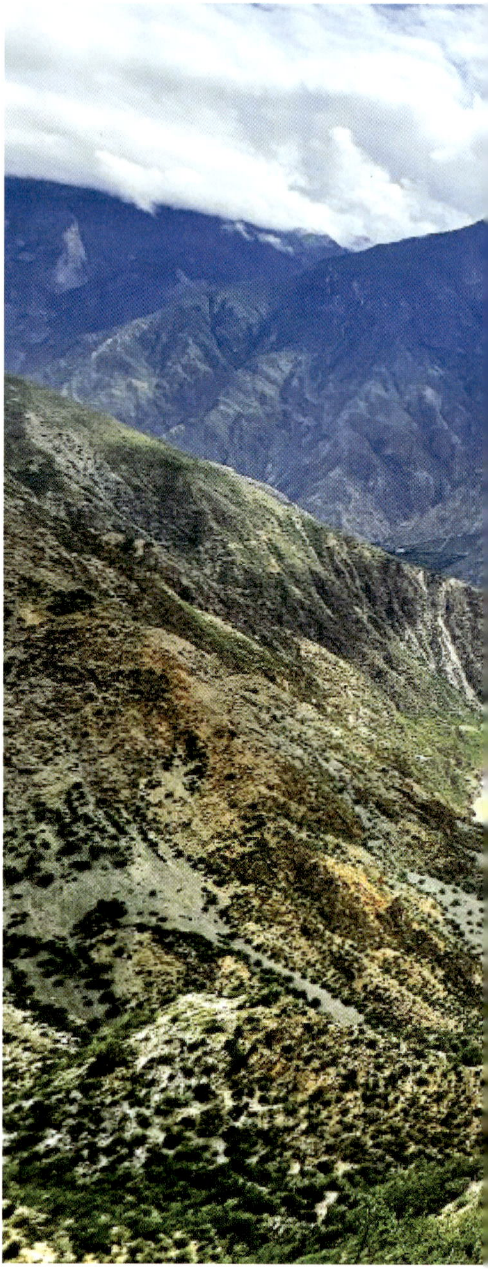

금사강 제일만金沙江第一湾

윈난성과 쓰촨성의 경계에 위치한 이곳은 장강 상류 금사강이 180도 가까이 방향을 틀며 거대한 곡선을 이루는 지점이다. 차마고도 남로의 상징적 기점이자 티베트로 향하는 첫 관문이었다. '금사강'金沙江은 강물 속 사금砂金에서 유래했으며, 황금빛 흐름은 풍요와 생명의 상징이 되었다. 이곳에서 강은 서쪽에서 북쪽으로 급선회하며 호도협과 리장으로 이어진다. 거대한 협곡이 시작되기 전 자연이 잠시 숨을 고르는 고요의 자리다.

금사강의 곡선은 길상吉祥과 순환의 리듬을 품는다. 마방과 순례자들은 이곳에서 자연에 자신을 맡기며 여정을 시작했다. 그들에게 이곳은 길이 아닌 존재를 새롭게 다듬는 첫 통과의례였다.

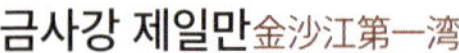

강은 말이 없지만
문명을 휘감아 노래한다.

물길이 조각한
문명의 리듬

지도 위에 유독 빛나는 하나의 곡선이 있다.

황금빛 실처럼 흐르는 금사강金沙江, 그 흐름이 크게 휘도는 곳 - 바로 제일만第一湾이다.

이곳은 강이 처음으로 방향을 바꾸는 자리, 대지가 숨을 고르고 자연이 문장을 쓰는 곳이다.

더친으로 향하는 길.

해발 3,300m의 고도를 오르내리며 마주한 풍경은 숨이 멎을 만큼 장엄했다.

구비구비 이어지는 금사강의 물줄기가 거대한 활처럼 몸을 틀며 휘돌아 나가는 순간 나는 시선도, 걸음도 멈출 수밖에 없었다. 하늘에서 내려다보면 그 곡선은 글씨 같고, 음악 같다. 오랜 시간 동안 자연이 써 내려간 하나의 시詩처럼 다가온다.

금사강金沙江은 장강 상류이고, 그 이름 그대로 오래전부터 사금이 섞여 흘렀다. 그중에서도 제일만은 황금의 흐름이 가장 유려하게 몸을 트는 자리다.

사람들은 그 곡선을 용이 하늘로 오르기 전 허리를 비틀며 숨을 고르는 형상으로 보았다. 강은 그 자체로 길상이자 생명의 상징이었다.

이곳은 차마고도 남로의 초입, 문명 교류가 시작되는 지리적이자 정신적 관문이었다.
강은 서두르지 않는다. 깊은 협곡 속에서 금빛 물줄기는 돌고 돌아 다시 길을 만든다. 모난 바위를 만나도 부딪치지 않고 스스로의 흐름으로 휘어 감는다.

그 모습은 인간의 여정과 닮았다. 물러서는 듯 보이지만 결코 멈추지 않는다. 유연함 속에 생명이 깃들고, 그 유연함이 문명을 낳았다.

곡선 아래 마을이 생기고, 밭이 일구어지고, 사람들의 시간이 흘렀다. 금사강의 굽이진 선은 단지 물의 길이 아니라 삶의 궤도이자 인내의 숨자락이었다.

문명은 직선 위에 세워졌지만 인간은 곡선 속에서 성장했다.
직선은 효율을 추구하지만 곡선은 생명을 품는다.

나는 그 곡선 위를 걷는다.
돌고 돌아 흐르며, 결국 더 깊어지는 물처럼 나의 여정 또한 유연함 속에서 길을 배운다.

흐름 속에서
우리는 세월을 배우고, 존재를 익힌다.

삶도 그렇다.
돌고 돌아, 결국—
찾아야 할 길은 자기 안에 있다.

금사강 제일만은 단순한 장관이 아니라
'돌아감의 철학'을 품은 거대한 거울이다.

굽이치는 물줄기 속에서 나는 배운다.
유연함이야말로 가장 단단한 생존의 방식임을.

황금빛 강물은 묵묵히 흐르고, 그 곡선의 끝에서 나는 묻는다.

"나는 지금 어디로 가고 있는가?"

금사강 제일만

굽이치는 강,
금빛 허리를 틀며
하늘로 오르는 용의 숨결.

깊은 협곡 위
내 발자국도 잠시 머물다
그 흐름에 스민다.

돌아 흐르는 물처럼
나는 멈춤 속에서 길을 배운다.

흐름의 언어

강은 돌고 돈다.

직선은 스쳐가지만
곡선 위에 삶은 세워진다.

유연함, 그것이야말로
가장 깊은 의지다.

나는 지금 삶의 직선만을 좇고 있지 않은가?
자연의 흐름에서 배울 수 있는 '인내의 곡선'은 무엇인가?
나의 여정은 지금 어디로 흐르고 있는가?

하늘이 내려앉은 자리, 매리설산의 주봉 카와거보

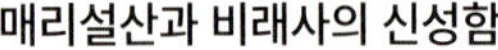

매리설산과 비래사의 신성함

비래사飛來寺 전망대는 윈난성 더친현에 위치한 매리설산을 가장 가까이 마주하는 자리다. 차마고도 순례자들에게 이곳은 '영혼의 정거장'이라 불린다. 매리설산의 주봉 카와거보6,740m는 윈난 최고봉이자 아직 한 번도 등정되지 않은 '처녀봉'이다. 티베트인들은 이 순수한 산을 정화와 깨달음의 상징으로 숭배한다.

비래사는 이름처럼 '하늘에서 내려온 절'이다. 티베트로 향하는 길목에서 순례자들이 머무르며 자신을 비우고 기도를 올리던 영적 관문이었다. 매리설산의 13봉은 수호와 지혜를 상징하며, 전망대의 룽다와 영빈탑은 하늘과 인간의 기도가 맞닿는 자리를 이룬다.

하늘이 가장 가까운 곳에선 말이 가장 멀어진다.
바람은 말을 잃은 산의 기도였고,
설산은 침묵으로 쓴 존재의 경전이었다.

설산을 향한 시선,
웅장한 경외감

여행에는 인간의 언어가 닿지 않는, 그 자체로 신성한 공간이 있다.
해발 4,200m의 고원 끝자락 ― 비래사飛來寺.
이름 그대로 하늘이 내려와 앉은 자리다. 돌 하나, 기둥 하나에도 신의 숨결이 닿아 있다. 여기선 말이 멈추고, 침묵이 언어가 된다.
비래사는 인간의 해석이 멈추는 곳, 자연이 곧 경전이 되고 산이 성전이 되는 자리다.

수백 년 전, 신비롭게 '날아와' 세워졌다는 이 사원은 그 이름처럼 속세의 논리를 거부하며 영원의 진리를 속삭인다. 하늘은 설명되지 않는다. 그저 내려와 내 안에 머문다. 비래사는 종교의 경계가 끝나는 곳이 아니라 '존재와 고요'만이 남는 세계의 문턱이다.

"산은 설교하지 않는다.
그러나 가장 깊은 가르침은 언제나 침묵으로 온다."

금사강 제일만의 전망대를 지나 굽이굽이 이어지는 산길을 달리면 윈난성 더친德欽에 닿는다. 이곳은 매리설산梅里雪山을 가장 아름답게 조망할 수 있는 곳이다. 매리설산은 티베트 불교의 8대 신산神山 중 으뜸의 성지다.

매리설산 전망대

13개의 봉우리평균 해발 6,000m 이상, 최고봉 6,743m가 백마설산과 맞물려 하늘의 장엄한 궁정을 이루고, 그 중심에는 설산의 신神이라 불리는 주봉 카와거보Kawa Garpo가 구름을 가르며 솟아 있다.

매리설산의 주봉, 카와거보는 지금껏 단 한 번도 인간에게 정복을 허락하지 않은 '처녀봉'處女峰이다. 그 순수한 불가침이 곧 신앙의 상징이자 티베트인들에게는 일생에 한 번 반드시 순례해야 할 마음의 고향이다.

설산은 그저 장엄한 경관이 아니다. 그곳은 인간이 자신을 내려놓는 문턱이다. 고도가 높아질수록 숨은 거칠어지고 사고는 단순해진다. 그러나 그 단순함 속에서 의식은 오히려 또렷해진다. 그때 비로소 깨닫는다 ― 높이 오른다는 것은 '나'를 버리는 일임을.

바람은 얼굴을 스치며 기도의 길을 열고, 눈보라는 어깨를 눌러 겸허를

가르친다. 돌기둥마다 깃든 기도, 오색 룽다의 흔들림마다 보이지 않는 생명이 숨 쉰다. 그 흔들림은 침묵보다 더 깊은 노래였고, 세속의 모든 욕망을 바람에 실어 보내는 정화의 의식이었다.

하늘의 침묵 아래 하늘은 낮아지고 산은 말을 잃었다. 나는 그 사이에서 '숨'을 배웠다. 숨이 짧아질수록 마음은 길어지고, 눈이 멀어질수록 빛은 깊어졌다.
바람은 나를 비추지 않았다. 그저 지나가며 내 그림자를 걷어갔다. 그 순간, 나는 세상의 중심이 아니라 한 줌의 숨결임을 알았다.

설산은 묻지 않았다. 그저 내 안의 고요를 깨워 기도처럼 흩날렸다.
그때 나는 말 없는 하늘의 목소리를 들었다.

그곳에서 나는 나의 가장 낮은 본질과 마주했다. 산은 아무 말도 하지 않았지만 그 침묵은 내가 평생 들어야 할 가장 오래된 언어였다.

그 언어는 경전이 아니라 '존재' 자체였다.
고도가 높아질수록 세속의 욕망은 희미해지고, 남는 것은 단 하나의 호

흡 –

그 호흡이 곧 기도였다.

숨이 가장 짧아지는 순간 삶은 오히려 가장 길게 느껴졌다.
나는 더 이상 방향을 찾지 않았다. 그저 존재했다. 그 자체로 충분했다.

그곳에서 나는 알았다 – 경외는 이해가 아니라 '들림'이라는 것을.
하늘이 내려앉은 그 자리에서 나는 하늘을 올려다보는 나를 다시 만났다.
말이 사라진 자리에 침묵이 나를 더욱 또렷하게 비추었다.

영원한 처녀봉, 카와거보의 침묵 속에서 나의 가장 순수한 영혼이 다시
태어났다.

나는 자연 앞에서 얼마나 겸허할 수 있는가?
이 장엄한 세계 앞에서 나는 어떤 마음으로 서 있는가?
내가 느낀 경외는 삶 속에서 어떻게 다시 살아날 수 있을까?

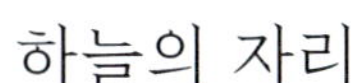

하늘의 자리

하늘은 낮고,
산은 깊다.

바람은 기도하고,
눈은 노래한다.

말이 멈추고,
숨이 멎고,
바라봄만이 남는다.

그때 ─
내가 나타난다.

마방의 숨결이 서린
자급자족
'소금의 길' 옌징鹽井

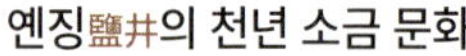

옌징鹽井의 천년 소금 문화

옌징은 티베트와 윈난 경계의 란창강瀾滄江 협곡
에 자리한 '소금의 마을'로, 천년 넘게 제염을 이
어온 차마고도의 생명선이다. 티베트 고원의 융
기로 솟은 염수가 바위틈에서 흘러나오며, 이곳
의 소금은 고원 사람들의 생명을 지탱한 귀한 교
역품이 되었다.

염전鹽田은 가파른 절벽에 계단식으로 놓여 있
고, 사람들은 햇빛과 바람만으로 소금을 얻는 고
대의 방식 그대로를 지켜왔다.

옌징은 소금을 매개로 한족과 티베트족이 공존한
마을이다. 강을 사이에 두고 다른 신앙과 삶의 방
식이 이어졌지만 결국 하나의 생명으로 연결된
공동체였다. 지금도 일부 현대 기술이 도입되었
으나, 옌징의 염전은 여전히 천년의 시간을 품은
살아 있는 역사로 남아 있다.

소금은 눈물의 형제였다.
그리고 그녀들은 그 소금을 안고 살았다.

소금보다 짠 여인들의 노동과 사랑은
융기한 대지가 인간에게 건넨
가장 강인한 대답이다.

소금보다 짠 여인들의
노동과 사랑, 땅의 대답

바람이 협곡을 따라 울고 있었다. 란창강瀾滄江의 푸른 물줄기는 사나운 듯 고요했고, 그 위로 천년의 시간이 흘러갔다.

옌징鹽井. 티베트로 향하는 길목의 작은 마을.
가파른 산허리에 매달린 수백 개의 소금 우물들이 지금도 하얀 숨결로 대지의 소리를 내뱉고 있었다. 붉은 흙빛 염전 위로 피어나는 소금꽃은 눈부시기보다 오히려 부드럽고, 오랜 기도처럼 낮고 단단했다.

'소금 우물'이라는 이름을 가진 이곳엔 바다도, 파도도 없다.
대지의 깊은 심장에서 길어 올린 함수鹵水가 태양과 바람이라는 가장 순수한 손길로 농축되어 간다. 산과 강이 맞닿은 협곡의 염전은 빛이 아니라 수천 번 굽은 허리와 말없이 굳어진 손등이 만든 존재의 결정이었다.

그곳에서 여인들을 만났다.
무릎까지 걷어 올린 치마, 굳은살이 박인 손, 그리고 붉은 흙빛 염전 위를 묵묵히 걷는 발자국. 그녀들은 소금물을 길어 올리고, 붓고, 바람과 햇빛에 맡기기를 하루 수십 번, 천년을 반복했다.

"닭과 은닭이 옌징에 남겨준 것은 소금물뿐이라네."

태양은 정수리를 찌르고, 소금의 반사광은 눈을 감기게 하지만 그 빛보다 더 눈부신 것은 그녀들의 손이었다. 그 손끝에서 삶이 빚어지고, 하루가 건져 올려졌다.
그 손엔 굳은살이, 그 미소엔 내일을 향한 약속이 있었다.

그녀들은 사랑을 말하지 않았다.
그저 매일의 땀방울 속에 사랑을 녹여내며 가족을 살리고 생을 이어갔다.
소금물이 부족해지면 좁고 가파른 사다리를 타고 십여 미터를 내려가 약 35kg의 소금물을 지고 올라오는 헌신. 무릎을 굽혀 일하고, 햇살에 등을 내맡기며 노래하듯, 기도하듯 소금을 떠내는 모습은 단순한 노동이라기보다 하나의 '존재 의식' 같았다.

소금은 그들의 삶이었다. 교역의 수단이자 약이며, 신의 선물이었다.
그 선물을 지키기 위해 그녀들은 겨울과 우기, 비와 눈, 침묵과 고단함을 견뎌냈다.
나는 그 앞에서 숙연해졌다.
하얀 소금을 한 줌 들어 올리자 그 안에 바람의 결, 태양의 온기, 여인들의 땀이 스며 있었다. 소금 결정 하나하나가 그들의 심장처럼 뛰고 있었다.

소금은 짰지만 그녀들의 삶은 그보다 더 짰다.
그래서 더 깊고, 더 단단했다.

"눈부신 건 소금이 아니었다. 그 위에 삶을 던진 여인들의 손이었다."

우리는 짠맛을 피하며 살아가려 하지만 삶은 짜야 비로소 살아 있음을 안다. 짠맛은 눈물의 맛이며, 그 눈물은 생명의 증거다.

옌징을 떠나며 생각했다.
강인함이란 목소리를 높이는 일이 아니라 묵묵히 하루를 쌓아 올리는 일이라는 것을.
그녀들이 만든 소금처럼 시간이 빚어낸 투명한 힘이라는 것을.

옌징의 여인들은 세상의 가장 낮은 곳에서 '존엄'이라는 가장 높은 것을 캐고 있었다.
말없이, 그러나 어떤 말보다 강하게.

"그녀들은 소금을 캐지 않았다.
존엄을 길어 올리고 있었다."

소금 여인을 기억하다

람찬강 물결 따라
천년이 흘렀다.

붉은 흙 언덕 위
태양이 소금을 키우고
바람이 결정의 숨을 불어넣는다.

여인들은
굳은살 박인 손으로
소금물을 이고 나르고
다시 하늘에 올린다.

하루, 또 하루
침묵 속에서
고단함은 말하지 않는다.
땀방울이 마르면
하얀 소금꽃이 핀다.

그 한 줌의 소금에
강의 물소리와
태양의 온기와
여인들의 심장이 녹아 있다.

당신은
고단한 삶 속에서
세상에 건네는
가장 순결한 천년의 선물이다.

소금보다 짠 사랑

그녀들의 삶은
소금보다 짰고,
사랑보다 깊었다.

바람 속에 일하고,
침묵 속에 남았다.

소금은 맛을 남기고,
그녀들은 삶을 남겼다.

내 일상에 녹아든 '소금 같은 사랑'은 무엇인가?
말없이 지켜내는 강인함은 어디에서 오는가?
가장 단단한 나를 길어 올린 순간은 언제였는가?

란창강 대협곡과 협곡 사이, 존재는 숨을 고른다

홍라패스紅拉山口의 의미

홍라패스는 윈난성 더친德欽에서 티베트 망캉芒康으로 넘어가는 해발 4,448m의 고개로, 차마고도 남로南路가 티베트 고원으로 진입하는 첫 관문이다. 이곳을 넘으면 아열대 협곡은 끝나고 혹독한 티베트 고원의 바람이 시작된다. 마방들에게는 생사를 건 시험이자 통과의례였다.

고갯마루에는 '라체'拉子라 불리는 작은 제단과 돌탑이 세워져 있다. 고갯마루의 돌탑과 룽다는 산신에게 올린 기도의 흔적이자 인간의 인내와 신앙이 새겨진 표식이다.

"한 걸음, 한 숨.
넘는 것은 산이 아니라 나였다."
이곳에서 존재는 비로소 숨을 배우고, 영혼은 경계를 넘어선다.

숨이 멈추는 순간,
나는 나를 만났다

해발 4,448m. 홍라패스紅拉山口는 윈난雲南에서 티베트西藏로 들어가는 첫 관문이다. 지도로 보면 그냥 산길이지만 직접 오르면 이곳은 '영혼의 문' 이다.

공기가 희박해지고, 숨이 거칠어진다.
평소엔 아무렇지 않던 숨이 이제는 가장 귀한 선물이 된다.

그때 깨달았다.
숨을 쉰다는 건 살아 있다는 뜻이구나.
생각이 멈추고, 오직 생명만이 반짝였다.

이 고개를 넘는 일은 힘으로 되는 게 아니었다.
내려놓는 용기, 그게 진짜 힘이었다.

숨이 가쁠수록 나는 천천히 걸음을 늦췄다.
높은 산의 공기가 희박해질수록 내 안의 진짜 숨이 또렷해졌다.

고비란 누구도 대신 넘어줄 수 없는 길, 그 길을 걸으며 나는 물었다.

"나는 지금 무엇을 넘어가고 있는가?"

정상에 서자 오색의 깃발, 룽다가 바람에 세차게 흔들렸다.
파랑은 하늘, 흰색은 구름, 붉은색은 불, 초록은 대지, 노랑은 태양.
티베트 사람들은 이 다섯 색에 생명과 평화, 지혜의 기도를 담는다.
깃발이 바람에 흔들릴 때 기도는 하늘로 날아간다.

그 아래를 지나는 누구나 자기도 모르게 두 손을 모은다.
이곳에서는 모두가 순례자다.

산을 넘은 건 나였다

바람은 묻지 않았다. "왜 이 길을 택했느냐"고.
그저 조용히 내 등을 밀어주었다.

정상에 오르자 눈앞에 란창강瀾滄江의 푸른 협곡이 펼쳐졌다.
하늘은 가깝고, 바람은 투명했다.
그 순간 나는 알았다.
넘은 것은 산이 아니라 두려움에 갇힌 나 자신이었다.

홍라패스는 결국 '티베트의 문'이자 '마음의 문'이었다.
나는 그 문을 넘으며 다시 숨을 배우는 순례자가 되었다.

红拉山
海拔4448米

홍라산의 바람

숨이 멈출 듯 오를 때
바람이 내 어깨를 잡았다.

"멈추지 마라.
넘는 것은 산이 아니라 너다."

룽다가 흔들리고,
기도가 하늘로 흩날릴 때
나는 내 안의 고요를 들었다.

그곳에서
나는 비로소 나를 만났다.

고비를 넘는다는 것

바람은 묻지 않았다.
다만 조용히 나를 밀어주었다.

넘은 것은 산이 아니라
두려움, 그리고 나 자신이었다.

경계를 넘는 일 –
결국 나를 다시 걷는 일이었다.

지금 내 앞에 놓인 '숨의 고비'는 무엇인가?
멈추고 싶은 순간 다시 걷게 하는 내면의 힘은 무엇인가?
고통 속에서 들려온 존재의 신호를 나는 외면하지 않았는가?

9장. 차마고도에서 가장 높은 경계,
둥따산 패스에서

구름 위를 걷는 자, 길 위에 '나'를 묻다

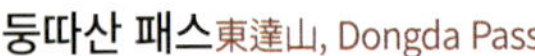

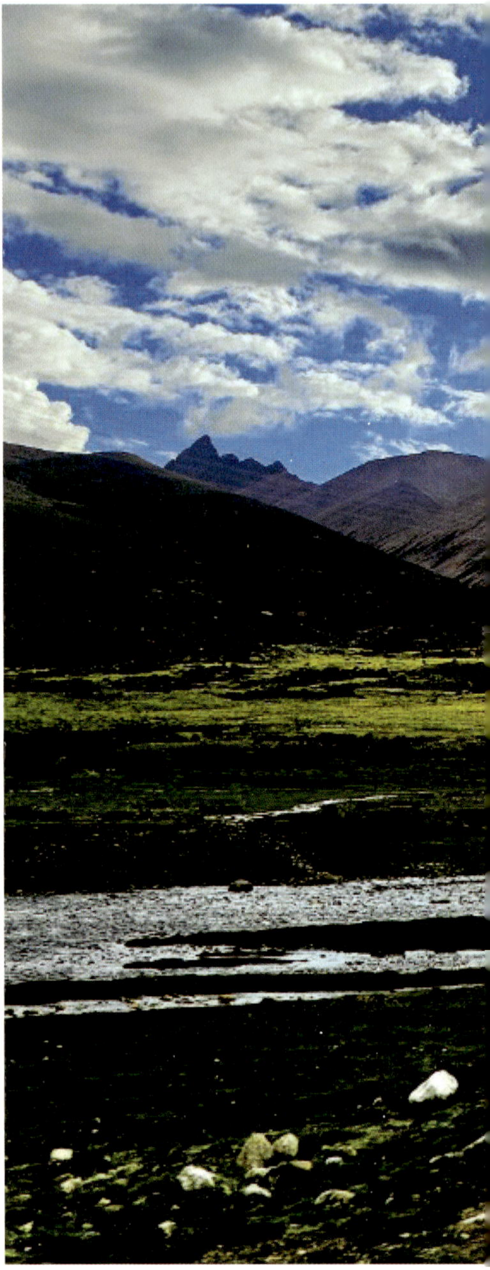

둥따산 패스東達山, Dongda Pass

해발 5,130m. 티베트 창두昌都와 쓰촨의 경계에 위치한 차마고도의 최고봉이자 생사의 경계였다. 눈보라와 얼음길 속에서 많은 마방이 이곳에서 생을 마쳤고, 그래서 사람들은 이곳을 '죽음과 부활의 문'이라 불렀다. 정상의 룽다와 마니탑은 산신에게 바치는 기도이자 환생의 상징이었다.
둥따산은 인간이 한계를 넘어 삶의 울림을 다시 듣는 자리였다. 고개를 넘으면 고도가 3,750m로 낮아지는 중요 거점, 좌공左貢은 긴 여정 끝의 첫 안식처가 된다.

어느 순간, 길이 나를 지나가고 있었다.

죽음과 삶의 언저리에서,
한 인간의 사유는 시작된다

"길은 땅에만 있지 않았다. 길은 구름 위, 고요 속에도 있었다."

해발 5,130m, 둥따산 패스東達山, Dongda Pass. 차마고도에서 가장 높은 하늘의 경계, 인간의 숨이 가장 얕아지고, 영혼이 가장 또렷해지는 자리. 이곳은 순례자와 마방들에게 생사의 문턱이자 마음의 고개였다.

설산의 능선 위로 바람은 오래된 기도를 실어 나른다. 공기는 희박하고 생각도, 말도, 시간도 느려진다. 그러나 그 느림 속에서 나는 처음으로 '존재의 맥박'을 들었다.

숨이 끊어질 듯 벅찰수록 삶은 오히려 또렷해졌다. 심장은 안에서 두드렸고, 바람은 내 뺨을 스치며 생명을 확인시켰다. 그 고도에서 나는 '살아 있음'이라는 가장 순수한 진실에 닿았다.

하늘과 맞닿은 그 자리에서 나는 더 이상 '길을 묻는 자'가 아니었다. 오히려 '길에 의해 묻히는 자'가 되어 있었다. 수많은 순례자의 손길이 남긴 돌탑과 하늘로 번지는 오색 룽다가 인간과 신을 잇는 다리처럼 고요히 흔들렸다.

아래로는 침엽수의 숲이 그림자처럼 일렁이고, 만년설의 물방울은 란창 강과 누강으로 흘러든다. 나는 그 첫 물방울처럼 새로운 생명의 강으로 흘러가고 있었다.

길은 발아래가 아니라
하늘과 가슴 사이
묵묵히 물어야 할 질문 속에 있었다.

둥따산 고개를 넘는 일은 육체의 고통이었지만
그 고통의 끝에서 사유가 피어났다.
숨은 고통의 리듬이었고, 고통은 사유의 첫 문장
이었다.

이 고개를 넘어야 비로소 닿는 곳 –
좌공左貢, 3,750m.
마방들은 그곳에서 새 생명을 얻은 듯 안도의 숨
을 내쉬었다.
그들의 땀방울은 길 위에 영원한 서사처럼 새겨
졌다.

풍경은 아무 말도 하지 않았다.
그러나 그 침묵은 언어보다 깊은 응답이었다.
그날, 나는 비로소 알았다.

"길은 내가 만든 것이 아니었다.
먼저 지나간 이들의 고요한 발자취가
하늘과 바람과 땅에 스며 '길'이 되었다는 것을."

그 길 위에서 나는 걷는 자이자 지나가는 자였다.
길은 나를 통과했고, 나는 길의 일부가 되었다.

길은 지나간다

나는 길을 걷는 줄 알았다.
그러나 길이 나를 지나갔다.

발자국은 존재의 서명,
침묵은 길의 언어였다.

길이 보이지 않을 때 나는 무엇을 믿고 걷는가?
나는 어떤 발자국을 이 세상에 남기고 싶은가?
'내가 걷는 길'이 아니라 '길이 나를 지나간다'는 감각을 가져본 적이 있는가?

길이 나를 통과할 때
나는 비로소 인간이 된다

길은 언제나 앞에 있는 줄 알았다.

그러나 마지막 고개에서 나는 깨달았다.

길은 내 안을 지나가고 있었다는 것을.

걷는다는 것은 세상을 향해 나아가는 일이 아니라

자신의 안으로 천천히 내려가는 일이었다.

그곳에서 인간은 비로소 묻는다.

"나는 어디서 왔으며, 어디로 가는가."

차와 말이 다니던 길,

고통과 인내가 켜켜이 쌓인 길 위에서 나는 알았다.

세상의 모든 길은 결국 한 사람의 내면으로 들어간다는 것을.

그리하여 '걷는 자'는 어느 순간 '길 그 자체'가 된다.

숨이 희박한 고도에서 들은 침묵은

하늘보다 더 깊은 진실이었다.

그 침묵 속에서 나는 비로소 인간으로 태어났다.

"이제 길은 하늘로 이어진다. 땅의 고비를 넘은 자만이

하늘의 고요를 들을 자격이 있다."

제2부

하늘과 맞닿는 고도에서 고요를 듣다

초월과 신앙,
자연과 내면의 높이를 따라

"하늘은 밖에 있지 않았다.
그것은 내 안의 가장 순수한 고요였다."

하늘로 오른다는 건 단지 높아지는 게 아니다.
그건 마음이 깊어지는 일이다.
숨이 가빠지고, 심장이 쿵쾅거리며 뛰는 그 자리에서
인간은 진짜 자신과 마주하게 된다.

그곳에서는 꾸미지 않아도 된다.
무엇을 가지려 하지 않아도 된다.
그냥 살아 있다는 숨 하나만으로 충분하다.

제2부는 '높이 오르는 길'이 아니라
'내면으로 들어가는 길'이다.
가장 높은 곳에서
우리는 오히려 가장 낮고 진실한 자신을 만난다.

높아질수록 말은 줄어든다.
숨은 짧아지고, 생각은 맑아진다.

고요는 하늘이 건네는 마지막 질문.
그 안에서 나는
나의 진짜 목소리를 듣는다.

**하늘은 멀리 있지 않았다,
내 안에서 열리고 있었다.**

길을 걷다 보면 어느 순간,
하늘이 나를 향해 열리는 느낌이 든다.
그때 나는 안다.
하늘은 멀리 있는 게 아니라
내 안에서 조용히 숨 쉬고 있었다는 걸.

높이 오른다는 건 단순히 산을 오르는 일이 아니다.
그건 마음속 짐을 하나씩 내려놓는 일이다.
공기가 옅아질수록 마음은 맑아지고,
세상의 소음이 사라질수록 내면의 소리가 들린다.

고요는 비어 있는 게 아니다.
그 안에는 오래된 나의 진심이 숨어 있다.
하늘에 닿는다는 건
결국 나 자신과 다시 만나는 일이다.

고요는 하늘이 인간에게 던지는
마지막 질문이다.

숨이 멎을 듯한 높이에서
우리는 비로소 진짜 나의
목소리를 듣는다.

장대한 자연 속에서
존재의 본질을 직면하다

하늘을 품은 땅, 땅을 품은 나.
광활함 앞에 고요해지는 나의 마음.

가장 넓은 길은 밖에 있지 않았다.
그 길은 내 안을 지나
조용히 숨 쉬고 있었다.

끝없는 초원, 방다에서
내 안의 광활함을 마주하다

티베트의 방다초원邦達草原, 누강 대협곡怒江大峽谷, 그리고 예라산 전망대業拉山觀景台는 서로 인접해 있으며, 마치 한 장의 거대한 지도처럼 이어져 있다. 이곳은 '세상의 지붕'이라 불리는 고원의 중심이자 전설 속 천로天路 72굽이 길이 지나가는 길목이다. 그 길 위에서 자연은 고요와 격정, 평화와 시련을 차례로 보여주며 인간에게 묻는다.

티베트의 동쪽 관문을 넘어 들어서면 자연은 세 가지 얼굴로 우리를 맞이한다.
티베트의 하늘 초원, 방다초원. 하늘과 땅이 맞닿은 세상. 끝이 보이지 않는 평원이 나를 품었다.

해발 4,200m의 이 고원은 하늘과 땅이 처음 만나는 듯한 평화로운 시작의 자리다. 이곳은 두 개의 강, 란창강瀾滄江과 누강怒江이 갈라지는 분수령이자 내면의 고요를 씻어내는 정화의 공간이다.

하지만 고요는 오래 머물지 않는다. 곧이어 깊고 험한 누강 대협곡이 등장한다. 평화 뒤에 오는 격정, 고요 뒤의 폭발 같은 풍경.

이 두 세계는 예라산 전망대에서 만난다. 그곳에서 사람은 깨닫는다. 길은 오르막과 내리막, 고요와 격정이 함께 어우러진 삶의 한 장면이라는 것을.

바람은 파도처럼 초원을 지나고, 야크와 양이 느리게 걸어간다.
초원은 마치 땅 위의 바다 같았다. 나는 그 위에 떠 있는 작은 점 하나였다.

이곳은 동쪽의 메콩강, 서쪽의 살윈강이 서로 다른 길로 흘러가기 시작하는 자리다.
대지는 심장처럼 천천히 뛰고 있었다. 그 박동이 바람을 타고 내 가슴으로 전해졌다.

들꽃이 피고, 바람이 노래한다. 야생 쑥 향기가 공기 속에 스며든다.
시간이 멈춘 듯한 고요 속에서 나는 말없이 앉아 있었다.

그때 깨달았다. 광활한 풍경은 나를 작게 만드는 게 아니라 내 안의 넓이를 깨워주는 힘이라는 것을.
바람이 말했다.
"인간은 작지 않다. 다만 자신의 깊이를 잊고 있을 뿐이다."

초원의 끝없는 하늘 아래 나는 처음으로 나 자신과 마주 앉았다.
혼자였지만 외롭지 않았다.

방다초원邦達草原

해발 4,200m, 티베트 창두昌都 동부에 위치한 차마고도의 주요 교차점이자 티베트 고원의 넓은 평원이다. 란창강瀾滄江, 메콩강 상류과 누강怒江, 살윈강 상류의 분수령으로, 아시아의 생명수가 갈라지는 거대한 심장부이기도 하다.

마방들이 말을 쉬게 하던 안식처이자 고난의 끝에서 만나는 평화의 초원. 자연 속에서 존재의 근원을 배우는 명상의 자리였다. 이 평원을 지나면 곧 누강 대협곡으로 향하는 길이 열린다.

하늘, 흙, 바람, 풀잎. 모두가 나였고, 나는 그 안에 있었다.

그때 알았다.
진짜 넓은 세상은 밖이 아니라 내 안에 있다는 것을.

"세상은 넓다. 그러나 내 안은 더 넓다."

이 깨달음이 방다 초원이 내게 준 가장 큰 선물이 되었다.
이제 나는 이 고요함을 품고 격정의 누강 대협곡으로 향한다.

방다 초원

구름이 내려앉은 자리,
푸른 바다가 땅 위에 펼쳐지고
야크와 양떼는
바람의 노래 속에 풀을 뜯는다.

하늘과 대지가 맞닿은 곳,
나는 한 점의 그림자.
그러나 평화는 이미 이곳에 있었다.

누강 대협곡의 분노

강물은 분노처럼 흐르지만 그 안에는 인간의 불멸하는 의지가 깃들어 있다. 티베트의 숨결을 품은 누강怒江은 미얀마로 흘러가는 '분노의 강'이다.

그 이름처럼, 해발 6,000m의 설산들이 갈라놓은 상처 위로 황토빛 강물이 굉음을 내며 흐른다. 이 소리는 수만 년 동안 대지가 외쳐온 거대한 포효이자 자연이 들려주는 생명의 역사다.

깎아지른 수직 절벽이 하늘과 맞닿고, 물소리는 세상의 슬픔과 희망을 한꺼번에 휘몰아친다. 협곡의 끝없는 깊이 속에서 인간은 자연의 압도적인 힘 앞에 겸허히 선다.

이 협곡을 따라 이어지는 길이 바로 전설의 천로天路 일흔두 굽이 길이다. 굽이마다 인간의 의지와 자연의 벽이 부딪친다.

과거 마방들은 이 길 위에서 생과 죽음을 넘나들며 소금과 차, 그리고 문명을 나르던 사람들이다. 그들의 숨결이 여전히 바람 속에 남아 이 길을 지나는 이들의 마음을 흔든다.

길은 곧장 예라산 전망대, 해발 4,618m의 고도 위로 이어진다. 그곳에

누강 대협곡怒江大峽谷

티베트 창두에서 미얀마로 이어지는 살윈강 상류, 히말라야와 횡단산맥 사이를 뚫고 흐르며 깊은 V자형 협곡을 이룬다. 거센 물살로 '분노의 강'怒江이라 불리며, 험준한 자연 속에서도 생명의 길을 열었다.

누강대교는 문명과 인간의 의지가 만난 상징, 차마고도의 고난과 극복이 새겨진 자리다. 방다 초원을 지나 이 협곡으로 들어서면 예라산 전망대에서 그 장엄한 풍경이 펼쳐진다.

서면 발아래로 수백 미터의 절벽이 펼쳐지고, 바람은 심장을 스치며 묻는다.

"너는 이 고요 속에서도 여전히 살아 있는가?"

저 아래로 누강대교怒江大橋가 보인다.

길이 165m, 강 위에 놓인 문명의 다리. 그 위를 오가던 마방들의 발자국이 이제는 트럭의 엔진 소리로 바뀌었지만 그 길 위의 먼지는 여전히 역사를 기억한다.

다리 한쪽에는 음료와 과자 몇 봉지가 조용히 놓여 있다.

길 위에서 생을 마친 이들을 위한 말 없는 그러나 간절한 기도다.

강은 여전히 분노하며 흐른다.

그러나 그 거친 물살 속에는 인간의 도전, 사랑, 그리고 포기하지 않은 생의 흔적이 숨 쉬고 있다.

산은 기억하고, 강은 증언한다.

인간은 자연의 압력 속에서 문명을 만들었고, 그 속에서 '존재의 용기'를 배웠다.

누강 대협곡은 단순한 분노의 풍경이 아니다.

그것은 생존이 신앙이 된 인간의 드라마다.

이 극단의 경계에서 우리는 비로소 깨닫는다. 살아 있다는 것은 그 자체로 위대한 일임을.

예라산 전망대에서
천로 72굽이 길을 보다

세상의 지붕 위, 천로天路 72굽이는 삶을 향해 굽이친 인간의 의지였다. 창두昌都의 방다에서 바쑤八宿로 이어지는 중국의 대동맥 G318 국도. 그 험난한 길의 정점, 세상의 지붕이라 불리는 해발 4,618m 예라산 전망대에 올랐다.

공기는 옅어 숨이 느려지고, 하늘은 손끝에 닿을 듯 가까웠다. 그곳에서 내려다본 누강 대협곡은 거대한 대지의 상처이자 신이 빚어놓은 거대한 조각이었다.

산허리를 휘감은 72개의 굽이길이 끝없이 이어진다. 사람들은 그 길을 '천로'天路, 즉 하늘로 향하는 길이라 불렀다. 차가 한 굽이를 돌 때마다 산은 거대한 생명처럼 숨 쉬었고, 그 굴곡 하나하나가 인간의 고비와 시련을 닮아 있었다.

한때 이 길은 마방들의 생존 통로였다. 그들은 소금과 차를 싣고 폭설과 절벽을 넘어 문명과 문명을 잇는 다리를 만들었다. 그들의 발자국은 인내의 흔적이자 문명을 일으킨 인간 정신의 자취였다.

천로 72굽이

방다邦達와 바쑤八宿 사이, 해발 4,618m의 G318 국도에 위치한 차마고도의 대표적 험로이자 인간 의지의 상징이다.

예라산을 가로지르는 '천로 72굽이'七十二道拐는 실제 숫자보다 험준하고 굽이진 길의 상징이다. 수많은 생명과 문명이 이 길을 넘으며 인내와 기술, 그리고 마방의 숨결이 스며들었다. 이곳은 자연을 뚫고 나아간 인간의 길, '길의 진화'를 증언하는 살아 있는 역사다.

이제는 관광버스와 카메라 셔터 소리가 그 길을 지나간다. 하지만 길의 본질은 변하지 않았다. '오르는 자'만이 배운다. 그것은 근육이 아니라 영혼의 힘으로 걷는 법을 배우는 일이다.

바람이 온몸을 스친다. 그 속에는 압도적인 경외와 살아남은 자의 감사가 함께 섞여 있다. 하늘 가까운 이 길 위에서 인간의 도전과 자연의 장엄함이 하나로 이어진다.

"길은 위에 있지 않다.
진정한 천로는 네 안에서 계속 오르고 있다."

72굽이의 길은 절벽을 깎아 만든 길이 아니다.
인간의 의지를 깎아 만든 정신의 궤적이다.
우리는 그 길 위에서 배운다.
인간이 얼마나 끈질기고, 얼마나 아름다운 존재인지를.

멀리 갈수록,
내 안은 더 깊어졌다.

넓은 초원의 중심 —
하늘과 바람 사이
조용히 내가 피어났다.

나는 얼마나 자주 내 안의 광활함을 마주하고 있는가?
당신 마음의 초원은 지금 어떤 빛깔인가?
자연의 침묵은 나에게 어떤 진실을 들려주는가?

빙하의 숨결이 호수가 되고,
란우호로 흐르는 생명의 근원

미퇴빙천米堆氷川, Midui Glacier

중국 티베트자치구 창두昌都 보미현에 자리한 해발 6,385m의 산곡빙하로, '중국에서 가장 아름다운 빙하' 중 하나로 꼽힌다.

낙차 800m의 빙하는 낮은 고도까지 흘러내려 울창한 원시림과 맞닿으며 장엄한 조화를 이룬다. 빙하의 녹은 물은 브라마푸트라강 상류로 이어지고, 설산·빙하·원시림이 어우러진 생명수의 원천이 된다.

미퇴빙천은 차마고도 여정의 중심 길목에서 마방들이 숨을 고르고 다시 길을 잇던 고요한 쉼의 자리였다.

란우호然烏湖, Ranwu Lake

티베트자치구 보미현 북서부, 해발 약 3,930m에 위치한 빙하호氷河湖로, 미퇴빙천에서 흘러내린 물이 모여 형성되었다. 면적 약 22㎢로 차마고도의 대표적 절경지 중 하나이다.

설산·숲·호수가 한 장면에 어우러져 '데칼코마니 호수'라 불릴 만큼 신비로운 빛의 스펙트럼을 그린다. 미퇴빙천의 생명수를 품은 란우호는 '자연의 순환과 정화, 재생의 상징'으로 여겨지며, 마방들이 여정을 멈추고 숨을 고르던 성스러운 쉼터였다.

보미波密, Bomi와 파미르고원Pamir Plateau

'보미'는 티베트 동남부의 고산 계곡 오아시스이고, '파미르고원'은 중앙아시아의 초대형 고원 지대다. 이름만 닮았을 뿐 지리적으로 전혀 다른 공간이다.

보미는 '설산 속에 숨은 푸른 쉼표'라 불리며, 국제 지리·행정적 명칭은 Bomi County다. 중국 장족자치구 린즈시 보미현 소속이며, 차마고도·G318 국도의 생명 회복 거점이다. 그래서 중국 현지에서는 '보미'로 통한다.

파미르고원은 타지키스탄을 중심으로 아프가니스탄·중국 서부·키르기스스탄에 걸쳐 있는 실크로드의 핵심 고원이다. 평균 해발 4,000m 이상으로 '세계의 지붕'으로 불린다.

"시간이 멈춘 얼음 폭포,
800m의 순백은 대지의 숨결을 눈앞에 드러낸다."

800m의 장대한 얼음폭포
미퇴빙천

"얼음이 녹는다는 것은
차가운 고요를 깨고 사랑이 시작된다는 뜻이구나."

티베트의 스위스라 불리는 보미Bomi, 波密로 향하는 길.
험준한 예라산을 넘어 고도를 낮출수록 공기의 매서움이 점점 맑은 평온으로 바뀐다. 그 길 위에서 나는 차마고도의 숨겨진 보석, 해발 3,830m의 미퇴빙천米堆冰川, Midui Glacier을 만났다.

이곳은 중국의 6대 아름다운 빙하 중 하나이자 세계에서 가장 낮은 고도에 자리한 희귀한 빙하다. 사계절마다 설산, 숲, 호수가 한 화면에 겹쳐지는 '자연의 완벽한 교향곡' 같은 곳이다.

해발 6,385m 설산의 심장에서 흘러내린 얼음은 시간이 멈춘 듯 절벽 위에 매달려 있다. 그 높이 약 800m, 햇빛이 닿을 때마다 빙하는 유리처럼 빛나고, 천년의 고요를 품은 채 조용히 녹아내린다.

얼음은 물이 되고, 그 물은 란우호然烏湖로 흘러들어 다시 생명의 호수가 된다.

빙하의 끝자락은 숲과 맞닿아 차가운 얼음과 따뜻한 녹음이 서로 껴안는다.

그곳에서 생과 죽음, 고요와 흐름이 하나로 어우러진다.

전망대에 서면 들꽃 향기가 얼음의 숨결과 섞인다.
보랏빛 야생화 한 송이가 차가운 빙하의 품속에서 고요히 피어난다.
그 한 송이가 전해주는 따뜻함이 눈보다 더 눈부시다.

차가움 속에서도 생은 포기하지 않는다.
나는 그 꽃 앞에서 속삭였다.
"얼음 아래에는 봄의 약속이 숨어 있구나."

미퇴빙천의 특별함은 그 장엄함이 손에 닿을 만큼 가까이 있다는 것이다.
다른 빙하들이 멀리서만 바라봐야 하는 신비라면 이곳은 인간이 가까이 다가가 자연의 숨결을 느낄 수 있는 은혜의 자리다.

하얀 절벽이 수직으로 흐르고, 그 아래에서는 초록의 숲이 살아 숨 쉰다.
하늘의 빛, 땅의 물, 그리고 그 경이를 바라보는 인간의 눈동자가 한순간 서로 닿으며 완전한 '빛의 화음'을 만든다.

그 자리에서 나는 한참을 말없이 서 있었다.
얼음의 벽이 조용히 내게 가르쳤다.

얼음이 녹아 물이 되고,
물은 흘러 빛이 된다.
모든 흐름은 결국
'진짜 나'로 돌아간다

“멈춰 있는 것만이 영원이 아니다.
고통을 견디며 흐르는 것도 영원이다.”

빙하는 멈춘 과거가 아니라
생명을 향해 나아가는 현재의 시간이었다.
나는 그 앞에서 배웠다.
삶이란 멈추는 것이 아니라
흐르며 빛나는 것임을.

빙하가 녹은
란우호 풍경구에서

"만년설의 숨결이 옥빛 호수로 녹아내린다.
고요 속에서 나는 내 안의 완벽한 대칭을 본다."

빙하의 물이 흘러와 태어난 곳, 그곳에 하늘의 거울 란우호然烏湖가 있었다.
마치 하늘이 자신을 비춰보는 투명한 거울 같았다.

사방의 만년설산이 호수를 감싸 안고 숨을 고른다.
하얀 얼음의 숨결이 녹아 옥빛 물결로 번질 때 세상은 잠시 멈춘 듯 고요해진다.

햇살이 비스듬히 스며들면 호수는 옥빛에서 청록, 다시 금빛으로 물든다.
티베트 사람들은 이곳을 "산양의 젖처럼 부드러운 호수"라 부른다.
그 이름처럼 빛은 순하고, 마음은 잔잔해진다.

해발 3,930m. 호수는 낮에도 고요히 잠들어 있었다. 바람이 스치면 수면은 부드럽게 흔들리고, 한쪽엔 눈 덮인 산, 한쪽엔 푸른 숲이 서로의 그림자를 나누며 물 위에서 완벽한 대칭을 이루었다.

빛과 물이 만든 이 풍경은 자연의 데칼코마니이자 내면의 거울이었다.
나는 그 앞에서 내 안의 본질을 본 듯했다. 겉으로는 고요했지만 깊은 곳
에서는 끊임없이 흐르는 '나'를 느꼈다.

바람이 불면 호수 위의 설산 그림자가 물고기 꼬리처럼 흔들린다.
그 움직임 속에서 시간은 녹고, 복잡한 생각은 흩어진다.
이곳은 차마고도의 길 중에서도 가장 아름답고 평화로운 쉼터였다.
험한 길을 넘어온 마방들과 순례자에게 이곳은 고난 끝에 주어진 하늘
의 휴식처였다.

한 모금의 차, 한 줄기 햇살 속에서 나는 세상의 무게를 잊었다.
란우호의 빛은 단순한 아름다움이 아니라 영혼을 씻어내는 침묵의 정화
였다.
하늘과 땅이 완벽히 이어진 그 순간, 나는 잠시 한 점의 호수가 되었다.

빙하에서 시작된 물은 호수를 지나 강이 되고, 다시 바다로 흘러간다.
모든 것은 순환한다. 그러나 그 안에서도 모든 물방울은 자신의 길을 걷
는다.

그때 나는 문득 깨달았다.

"삶도 이와 같다.
녹고, 흐르고, 사라지지만 근원의 생명력은 결코 사라지지 않는다."

바람이 불고, 호수의 잔물결이 반짝였다.

그 순간 나는 알았다.

'순환'은 자연의 가장 오래된 언어이며,

인간이 배워야 할 가장 깊은 지혜라는 것을.

영원한 흐름 속에서 나는 비로소

가장 고요한 나를 만났다.

란우호에서

만년설의 숨결이
옥빛 호수로 녹아내린다.

햇살 따라
청에서 금빛으로 물드는 순간
세상은 고요히 숨을 멈춘다.

나는 잠시
한 점의 빛이 되었다.

얼음의 마음

얼음은
멈춘 물의 기도,
물은
흐르는 얼음의 고백.

고요 속에서
나는 들었다―
녹는 소리,
다시 살아나는 세상.

나는 지금 무엇을 얼어붙게 하고 있는가?
내 안의 차가움은 언제, 무엇으로 녹을 수 있을까?
흐름을 허락할 때 나는 어떤 새로움을 만날 수 있을까?

12장. 자연의 숨결이 머무는
티베트의 스위스, 보미

빛과 안개의 고요, 계절이 숨 쉬는 보미의 산맥을 오르다

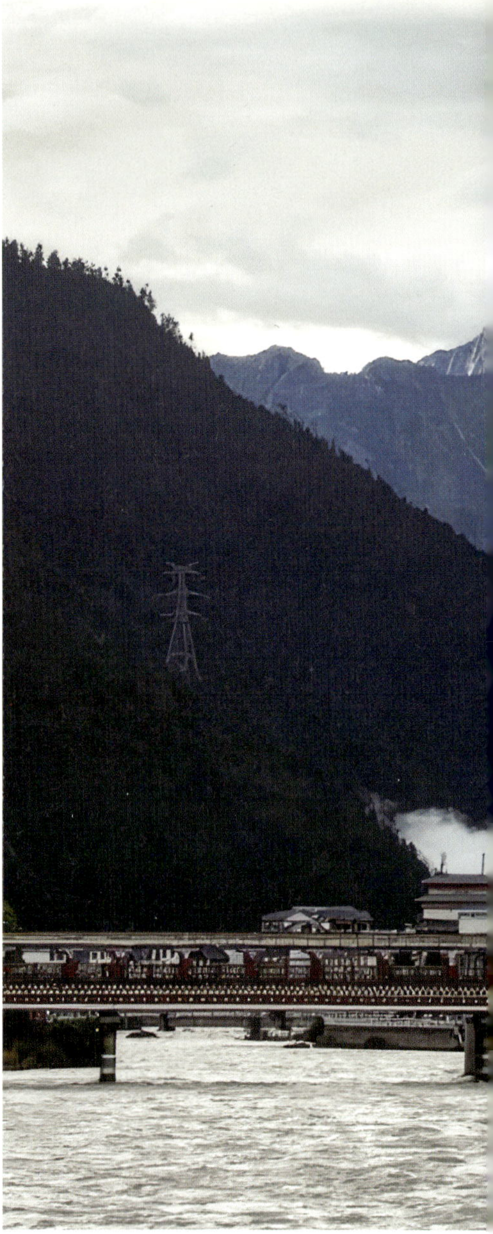

보미Bomi, 波密 **지역**

티베트자치구 린즈林芝 해발 2,750m 평원에 자리한 고산의 오아시스이자 여행자들의 안식처. 만년설·빙하·원시림이 어우러져 '티베트의 스위스', '티베트의 강남'이라 불린다.

G318 국도천장공로의 핵심 거점으로, 마방들이 물자와 생명을 회복하던 중간 기착지였다.

험난한 여정 속에서도 평화와 희망을 되찾는 '고요 속의 안식처'로 기억된다.

"설산과 숲이 빚어낸 무릉도원,
보미는 고난의 끝에서 만나는 영혼의 쉼표였다."

미퇴빙천의 순백이 녹아 흐르는
티베트의 강남江南

미퇴빙천의 얼음이 녹아 만든 물길을 따라 '티베트의 스위스'라 불리는 보미에 들어선다. 험한 산길을 넘어 해발 2,750m의 평온한 고원에 닿는 순간 세상은 전혀 다른 색채로 물든다.

하늘은 더 가깝고, 공기는 따뜻하고 촉촉하다. 아침 햇살은 호수 위를 부드럽게 흐르고, 안개는 설산의 어깨에 기대어 잠든다. 숲은 이슬을 머금은 채 조용히 숨을 쉰다.

하얀 빙하, 푸른 호수, 바람의 노래. 그 모든 것 위로 '행복'이라는 단어가 내려앉는다. 보미는 자연이 사람의 마음을 쉬게 하는 곳이었다.

이곳의 풍경은 티베트의 황토빛 고원과 달랐다.
만년설과 짙은 숲이 어우러져 마치 스위스의 알프스를 옮겨놓은 듯했다.
그래서 사람들은 이곳을 '티베트의 강남江南'이라 부른다.

공기는 온화하고, 물은 맑아 숨 쉬는 것만으로도 마음이 풀린다.
고산의 고통도, 마음의 짐도 이곳에서는 잠시 내려놓을 수 있다.

울창한 숲 사이로 파롱짱포강帕隆藏布江이 흐르고, 계절마다 야생화가 다투어 핀다. 빙하가 만든 호수와 계곡은 생명의 길을 열고, 차마고도의 극한을 걸은 자들에게 '고난의 끝에서 만나는 자비'를 허락한다.

옛날 마방들에게 보미는 단순한 휴식지가 아니었다. 란우호와 미퇴빙천을 지나온 후 고도가 낮아지면서 육체적 피로를 회복하고, 음식과 물자를 보충하는 생명줄과 같았다. 이곳의 풍부한 자원은 마방들에게 영혼의 쉼표였다.

보미의 부드러운 산맥을 오르며 깨달았다.
티베트의 자연은 고통과 시련만 주지는 않는다.
그 속에는 자비와 쉼, 회복의 품이 함께 있다.

그곳에서 나는 알았다.
진정한 힘은 강함뿐 아니라 부드러움에서도 온다.

"빙하의 흰 결, 호수의 푸른 숨결.
고요와 장관이 어우러진 그곳에
행복이란 단어가 조용히 내려앉는다."

보미의 향은 말이 아니라 삶이 건네는 위로였다.
설산과 숲, 빙하와 송이가 한 계절 안에서 숨을 쉬는 곳.
그곳에서 나는 고요의 진짜 얼굴을 배웠다.

가을의 향,
보미의 송이

"송이는 티베트의 가을이 전하는 감사의 언어였다.
풍요는 많음이 아니라 잠시의 향 속에서 느끼는 기쁨이었다."

가을의 바람이 보미의 짙푸른 산맥을 따라 흐른다.
짧은 계절 동안 숲은 송이 향으로 가득찬다.
맑은 물, 서늘한 공기, 그리고 해발 2,000~3,000m의 순수한 흙이 함께
빚은 신의 선물, 송이버섯松茸.

9월에서 10월 사이, 보미와 린즈 일대의 숲은 사람들로 붐빈다.
송이를 찾는 채취꾼들의 웃음소리가 가을의 공기 속에 섞인다.

해발 2,700m, 백한柏灘호텔의 저녁 식탁 위, 막 딴 송이의 향이 공기를
채운다.
반은 생으로, 반은 불판에 살짝 익혀 먹는다. 생송이는 솔잎처럼 청아한
향을 내고, 익힌 송이는 고소하고 부드럽다. 입안 가득 숲의 이슬이 스며
드는 듯했다.

보미의 송이는 고산의 척박한 흙을 뚫고 자란 생명의 결이었다.

한 점만으로도 충만함을 전하는 자연의 응답이자 감사의 상징이었다.

차마고도는 차뿐 아니라 이런 귀한 특산물송이버섯, 동충하초 등들을 실어 나른 길이었다. 계절이 허락하는 짧은 순간, 이 희귀한 산물은 마방들의 고단한 삶에 경제적 희망이자 삶을 지탱하는 또 하나의 '풍요의 길'이었다.

나는 숲의 향을 깊이 들이마시며 깨달았다.
진짜 풍요는 많음이 아니라 잠시 머무는 향 속의 감사다.

"가을의 보미는
고난과 희생의 길 위에서
인간이 발견한 가장 따뜻한 계절이었다."

보미의 가을 향

해발 2,700m 저녁 식탁에
갓 따온 송이 향이 번진다.

반은 생으로, 반은 익혀 먹는다.
하나는 청아하고, 하나는 고소하다.

빙하의 찬 숨결 속에서 자란 송이,
그 향은 자연이 건넨 선물이었다.

보미Bomi, 波密**와 루랑**魯朗, Lulang
보미 설산·빙하·숲·강이 어우러진 '자연의 스위스'. 무수한 빙하와 고산 숲을 품은 생태의 중심지로, 자연의 숨결이 머무는 자리다.

루랑 고원 초원과 전통 마을, 향과 차의 환대 문화로 빛나는 '티베트의 스위스'. 평화롭고 정갈한, 사람의 마음을 씻어주는 마을이다.

보미는 생명의 풍경, 루랑은 평화의 풍경이다.
두 마을은 서로를 닮았으나 하나는 자연으로, 하나는 인간으로 티베트를 말한다.

숲이 바다가 되고,
바람이 기도가 되는 곳

루랑림해魯朗林海 & 써지라산 전망대
루랑림해Lulang Forest Sea
티베트자치구 린즈林芝 해발 4,300m에 펼쳐진
광활한 침엽수림. '루랑'은 티베트어로 '신이 머
무는 마을'을 뜻한다. 설산과 강, 숲이 어우러진
생태 낙원으로 '숲의 바다', '티베트의 스위스'
라 불린다.

써지라산 전망대 Sedila Mountain Viewpoint
루랑과 린즈 사이, 해발 4,720m에 위치한 성
지. 오색 룽다가 바람에 휘날리고, 날씨가 맑은
날이면 남가비와봉7,782m의 신성을 마주한다.
티베트인들에게 이곳은 '바람의 신이 머무는 고
개'다.

"숲이 바다가 되고, 바람이 기도가 되는 곳 -
루랑은 하늘의 숨결이 머문 숲이었다."

숲의 바다,
루랑의 호숫가에서

통맥대교2,050m를 건너자 안개 속에서 푸른 숲이 끝없이 펼쳐졌다.
이 다리는 한때 '통마이 천험'이라 불리던 험난한 협곡을 잇는 길이었다.
지금은 사람과 자연을 이어주는 현대 문명의 다리가 되어 있었다.

다리를 건너면 세상은 달라진다.
거친 산길은 부드러운 초원으로, 황량한 고원은 생명의 숲으로 변한다.
그곳이 바로 루랑림해魯朗林海, '숲의 바다'라 불리는 티베트의 숨터였다.

루랑은 해발 3,000m 내외의 고원 마을로, 티베트어로 '집이 그립지 않은 곳'이라는 뜻을 가진다. 그 이름처럼 마음이 편안해지고, 길 위의 피로가 눈 녹듯 사라진다.

보미를 지나 고도를 낮추며 도착한 루랑은 차마고도를 걷던 마방들에게 고난의 끝에서 만나는 안식처였다.

설산은 멀리 물러서고, 숲은 가까이 다가온다.
공기는 따뜻하고, 바람에는 풀 향기가 섞여 있다.

해발 3,350m의 호숫가에 이르니 설산의 품속에서 호수가 조용히 숨을
쉰다.

바람은 맑고 차가워 숨결마저 투명해지는 듯했다.

나는 천천히 호숫가 길을 걸었다.

발자국마다 푸른 하늘이 내려앉는 듯했다.

그때 문득 이런 말이 떠올랐다.

"건보불식健步不息, 생명불체生命不滯."

건강한 발걸음은 멈추지 않고, 흐르는 생명은 정체되지 않는다.

멀리서 말 울음소리가 메아리친다.

차마고도의 기억이 그 울음 속에 실려 와 바람처럼 내 마음을 스친다.

그 순간, 나는 깨달았다.

삶의 고요는 멈춤이 아니라 계속 걸어가는 마음속에 있다는 것을.

숲의 바다, 루랑림해
−신선이 머문 지상의 천국

파롱짱포강의 푸른 물결이 산과 산 사이를 굽이친다.

그 강을 따라 오르자 세상은 점점 푸른 안개 속으로 스며든다.

그곳에 티베트의 또 다른 신비, 루랑림해魯朗林海가 있다.

'숲의 바다'라 불리는 루랑림해는 해발 4,300m에 펼쳐진 거대한 원시의 숲이다. 끝없이 이어지는 침엽수의 물결 위로 활엽수가 계절마다 색을 바꾸며 춤춘다. 험준한 티베트에서 드물게 만나는 생명의 숲이다.

루랑림해 전망대는 해발 4,000m가 넘으며,
그곳에서 멀리 남차바르와산의 눈부신 설산을 바라볼 수 있다.

하늘에 가장 가까운 언덕 위, 나는 초록의 파도를 본다.

나무들은 바람에 몸을 기울이며 초록의 노래를 부르고,

그 사이로 은빛 실처럼 맑은 루랑천이 흐른다.

야생화는 발끝에서 피어나 길손에게 조용히 미소 짓는다.

초원은 부드러운 비단결로 펼쳐져 신의 손길처럼 빛난다.

이곳은 땅이 하늘을 닮고, 숲이 바다가 되는 자리다.

신선의 발자국이 머문 지상의 천국.

공기는 단순한 바람이 아니라 숨죽인 기도의 숨결이었다.

새의 울음도 경건하고, 나무의 숨소리마저 천천히 명상했다.

루랑의 숲은 고난의 설산을 지나온 마방들이 다시 살아날 힘을 얻는 곳이다.

고요함과 그 숨결, 생명과 순환이 함께 있는 숲의 바다, 그것이 루랑림해의 본질이었다.

"바람은 기도가 되고, 나무는 삶의 노래가 된다.

루랑의 숲은 그렇게 오늘도 하늘을 닮아 있었다."

오색 룽다가 나부끼는
써지라산 전망대에서의 기도

"기도는 언어가 아니라 존재의 떨림이었다."

해발 4,720m, 하늘 가까이 선 써지라산 전망대色季拉山觀景台.
루랑에서 린즈로 넘어가는 길목, 여정의 마지막 고산 관문이며 가장 중
요한 조망점인 이곳은 인간과 하늘의 경계가 희미해지는 자리였다.

전망대에는 오색 룽다가 바람을 타고 춤춘다.
깃발 하나하나가 사람들의 소망을 싣고 하늘로 오른다.
멀리 성스러운 남가비와봉南迦巴瓦峰은 성스러운 침묵 속에서 우뚝 서 있
었다.

바람은 룽다를 흔들며 빛을 쏟아낸다.
붉음은 생명, 노랑은 지혜, 푸름은 하늘, 하양은 구름, 초록은 대지를 뜻
한다.
그 다섯 빛이 파도처럼 설산을 감싸며 춤을 춘다.

나도 그 바람 속에 마음 하나를 매단다.
인연으로 엮인 이름들을 떠올리며 조용히 두 손을 모았다.

수천 개의 깃발이 함께 기도하고 있었다.

작은 천 조각 하나가 바람에 실려 나아간다.
그 속에는 스쳐도 남는 향기, 멀어져도 이어지는 숨결이 담겨 있었다.

오늘, 이 높은 곳에서 바람은 우리의 마음을 묶어 하늘로 올린다.
기도는 바람이 되고, 그 바람은 눈부신 침묵 속에서 누군가에게 닿는다.
나는 오랫동안 깃발 사이로 흐르는 바람 소리만 들었다.
그 소리는 하늘이 건네는 대답 같았다.
기도는 언어가 아니라 존재의 떨림이었다.
산은 말하지 않아도 모든 것을 알고, 바람은 보이지 않아도 모든 길을 기억하고 있었다.

써지라산의 고요 속에서 나는 깨달았다.
진정한 기도는 위로 올리는 것이 아니라 내 안의 침묵으로 깊이 내려가는 길임을.

"기도는 위로 올리는 게 아니라 안으로 내려가는 길이다."
써지라산의 바람이 속삭였고, 하늘은 내 안으로 들어왔다.

바람의 기도

하늘은 멀지 않았다.
내 안의 침묵이
그 길을 가리고 있었을 뿐.

깃발이 흔들릴 때
나는 안다.
바람이 기도하고 있음을.

말하지 않아도 닿는 마음,
보이지 않아도 전해지는 숨.
그것이 하늘의 언어였다.

14장. 하늘 위의 상징, 포탈라궁

티베트 불교 문화의 상징, 마음으로 오르는 궁전

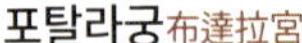

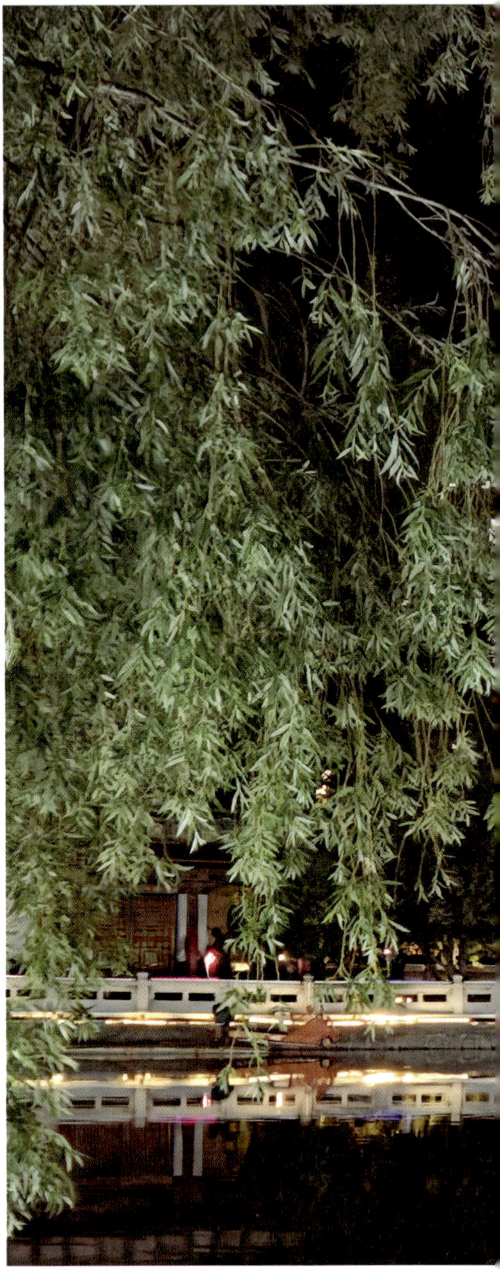

포탈라궁布達拉宮

라싸拉薩 홍산紅山 위, 해발 3,700m에 우뚝 선 하늘의 궁전. 7세기 송첸캄포가 문성공주를 맞이하며 세운 궁에서 비롯되어 17세기 제5대 달라이 라마 때 지금의 형태로 재건되었다.

포탈라궁은 달라이 라마의 겨울궁이자 티베트 불교의 심장이다. 1994년 유네스코 세계문화유산으로 등재되었다. 백궁白宮 - 청정과 자비의 공간, 행정의 중심. 홍궁紅宮 - 지혜와 불멸의 상징, 불법의 중심으로 역대 달라이 라마의 금빛 스투파가 봉안되어 있다.

포탈라궁은 단순한 건축이 아니라 기도와 세월이 새긴 거대한 마음의 기록이다.

"포탈라궁은 산 위에 지어진 궁전이 아니었다.
그것은 인간의 마음 위에 쌓아 올린 고요한 신앙의 탑이었다."

하늘 위의
포탈라궁布達拉宮

"높이에 압도당하지 마라.
진짜 고도는 눈이 아니라 마음으로 오르는 것이다."

라싸拉薩에 들어서자 먼 하늘 아래 붉은 벽과 흰 탑이 겹겹이 쌓여 있었다. 티베트의 상징이자 '깨끗한 땅'이라는 이름이 품은 성스러움. 공기 속에서 포탈라궁布達拉宮은 하늘에 닿은 하나의 기도처럼 서 있었다.

해발 3,700m, 그곳에 선 포탈라궁Potala Palace은 사람들의 오랜 믿음과 기도가 층층이 쌓여 만들어진 마음의 탑이었다. 진짜 여정은 그 웅장한 모습을 '보는 것'이 아니라 그 안에 깃든 수천 년의 기도와 침묵을 듣는 것에서 시작되었다.

계단을 오를수록 숨은 가빠졌지만 마음은 오히려 맑아졌다.
무릎이 떨릴수록 잠들어 있던 내 안의 힘이 천천히 깨어났다.

포탈라궁의 금빛 지붕은 햇살에 반짝이고, 바람에 흔들리는 오색 깃발은 수천 년 동안 이어진 기도의 흔적이었다. 이곳은 권력의 궁전이 아니라 영혼이 쉬어가는 안식처였다.

포탈라궁은 말을 하지 않는다. 그저 그 자리에 서서 모든 세월을 증언할 뿐이다. 수많은 라마와 순례자들이 걷던 길 위에는 세월의 숨결과 기도가 층층이 쌓여 있었다.

"나는 지금 어디를 향해 걷고 있는가."

그 질문이 마음 깊은 곳에서 울렸다.

고도는 산의 높이가 아니라 마음이 어디에 머무는가로 정해진다.
고요는 바람이 멎는 순간이 아니라 숨이 가장 깊어지는 자리에서 완성된다.
그 순간, 나는 깨달았다.
포탈라궁은 건축물이 아니라 존재의 방식이었다.
내가 오른 것은 계단이 아니라 내 안의 산이었다.

"마음이 먼저 숨을 고르고, 그 위에 발이 놓이며,
몸이 따르고, 마지막에 영혼이 따라온다."

티베트 라싸에서 만난
나의 전생

"진짜 성장은 막힌 것을 뚫고 나오는 고통 속에 있다."

라싸에 도착하는 순간, 희박한 공기 속에서 들려온 것은 바람이 아니라 오래전부터 이어져 온 기도의 숨결이었다. 바코르 광장을 따라 걷는 발걸음은 마치 누군가의 오래된 기억 위를 걷는 듯했다.

포탈라궁의 붉은 벽, 조캉사원의 황금빛 지붕 아래 순례자들이 오체투지하며 땅에 몸을 던지고 있었다. 나도 그들 곁에서 무릎을 꿇고, 이마를 대지에 붙였다. 순간, 대지가 북소리처럼 울리며 내 심장을 세 번 두드렸다 – 둥, 둥, 둥.

눈물과 콧물이 섞여 흙으로 번지는 그 자리에서 나는 생명의 어머니인 대지에 감사와 경외, 그리고 기쁨의 입맞춤을 건넸다. 그 순간 내 인생의 성장판이 열렸다.

속세의 삶에 막혀 잃었던 나침반이 대지의 울림 속에서 되살아났다.
수많은 좌절의 밤은 결국 나를 깨우는 인생의 질문이었음을 알았다.

포탈라궁은 눈으로 보는 궁전이 아니라

마음으로 오르는 탑이었다.

그곳에서 나는 알았다.

신앙이란

자신 안의 하늘을 향해 한 계단씩 오르는 일임을.

『티베트 사자의 서』에서 읽었던 중음中陰의 세계 — 죽음과 삶의 사이, 그 빛의 문턱에서 영혼은 길을 찾는다고 했다. 그 말처럼 나의 전생은, 어딘가 멀리 있는 신비가 아니라 내 안 깊은 곳에 숨어 있던 익숙한 슬픔, 설명할 수 없는 그리움이었다.

라싸의 깊은 밤, 나는 자각했다.
전생은 신비의 기록이 아니라 내가 매 순간 걸어온 선택의 흔적이었다.
그것은 수많은 인연이 함께 엮어온 삶의 연속이며, 내가 앞으로 어떻게 살아야 할지를 비추는 거울이었다.

지금 이 순간의 숨결이야말로 가장 소중한 미래의 시작이다.
아프다는 것은 지금 잘 살아 있다는 증거다.

라싸에서 달라이 라마를 만나다

"삶의 행복은 사랑이며,

그 사랑은 마음의 눈이 열린 사람에게만 보인다."

차마고도의 길은 언제나 신비로웠다.

맑은 하늘 아래에서도 그 길엔 눈에 보이지 않는 이야기가 담겨 있었다.

바람 속엔 슬픔이, 길모퉁이엔 고독이 앉아 있었다.

오래전부터 그 자리를 지켜온 듯 묵묵히 세상을 바라보는 영혼들이었다.

사람들은 외면하라 말했지만 나는 멈춰 섰다.

그들의 눈빛 속에 스며든 따뜻한 온기가 너무도 애틋했기 때문이다.

나는 그 옆에 앉아 손을 잡고, 눈으로 이야기를 나누었다.

그 순간, 사랑이 무엇인지 조금은 알 것 같았다.

라싸의 하늘 아래, 사랑을 듣다

달라이 라마의 말이 떠올랐다.

"삶이란 행복을 누리는 것이며, 그 행복의 본질은 사랑이다."

같은 하늘, 같은 바람, 같은 시간 속에서도 마음의 눈과 귀가 열린 사람
만이 그 사랑과 행복을 볼 수 있다.

햇살이 포탈라궁의 붉은 벽을 감싸고 바람이 불 때마다 종소리가 낮게
울렸다. 조캉사원의 마당에서는 오색 깃발이 하늘을 향해 조용히 속삭
였다.
그 속에서 나는 스스로에게 물었다.

"무엇에 감사하며,
무엇을 기억하며 살아야 하는가?"

삶은 웃음과 눈물을 번갈아 건네지만 내 안에 나 자신을 바라보는 눈이
있는 한 그 모든 것이 이미 행복이다.
슬픔도 사랑하면 기쁨이 되고, 시간이 지나면 모든 순간은 결국 인생의

아름다운 조각이 된다.

조캉사원의 향내 가득한 마당에서 백사십 번의 절을 마치고 숨을 고르던 순간, 내 눈물 위로 미소를 건네던 작은 순례자를 만났다.

그 미소 속에는 연민과 평온, 그리고 깊은 기도가 있었다.
그 순간, 나는 깨달았다 – 달라이 라마는 멀리 있는 존재가 아니라 사랑의 얼굴을 한 모든 이의 마음속에 있음을.

부족한 내 인생은 많은 이들의 사랑 속에서 자라왔다.
이제 나는 그 사랑을 다시 나누며 살아가고 싶다.

라싸의 마지막 밤, 별빛이 사원 지붕 위에 부드럽게 내려앉았다.
나는 두 손을 모아 기도했다.

"누구에게도 아픔이 없는 세상이 오기를."

그 기도가 산맥을 넘어 언젠가 누군가의 마음에 닿기를 바라며 조용히 눈을 감았다.

나는 지금 어떤 내면의 궁전을 향해 오르고 있는가?

내 삶의 중심이 되는 '포탈라궁' 같은 공간은 어디에 있는가?

말없이도 전해지는 내면의 힘을, 나는 어떻게 세상에 표현하고 있는가?

하늘 위의 궁전

하늘 위의 궁전이
나를 내려다보는 줄 알았다.

그러나 그것은
내가 나 자신을 바라보는
가장 높은 시선이었다.

돌 위의 침묵 속에서
나는 내 안의 목소리를 들었다

오체투지 순례가 멈추고 기도가 시작되는 곳

조캉사원大昭寺, Jokhang Temple

라싸 중심의 바코르 순례길 한가운데, 모든 오체투지가 멈추어 서는 성스러운 종착지. 7세기 송첸캄포가 당나라 문성공주와 네팔 브리쿠티 공주를 맞이하며 세운 사원이다. 포탈라궁이 하늘의 상징이라면 조캉은 땅 위에서 뛰는 믿음의 심장이다. 티베트 순례는 고행오체투지에서 시작해 조캉사원에서 완성된다. 이곳은 신을 두려워하는 자리가 아니라 자신을 내려놓고 내면의 신성을 마주하는 자리다.

티베트인의 순례는 ①고행오체투지 → ②성지 도착조캉사원 → ③은둔 수행침푸 계곡으로 이어지는 일생의 영적 여정이다. 라싸와 조캉은 그 여정의 결실이며, 사원 앞에서 마지막 오체투지를 마치는 것은 곧 한 생의 순례가 완성되었음을 뜻한다.

"길의 끝은 곧 기도의 시작.
몸은 멈췄지만 마음은 무릎을 꿇는다."

살아 숨 쉬는 믿음의 맥박,
조캉사원

"가장 오래된 기도는 말이 없고,
가장 깊은 순례는 돌아갈 길을 묻지 않는다."

라싸의 새벽은 기도의 숨결로 깨어난다.
해발 3,650m, 공기가 옅은 고도 위에 천 년의 시간이 잠들어 있는 조캉
사원Jokhang Temple이 빛난다.

티베트인에게 이곳은 단순한 사원이 아니다.
영혼이 돌아가야 할 고향이자 티베트 불교의 심장이다.

조캉사원은 작은 우주, 하나의 만다라세계의 축소판처럼 지어졌다.
기둥에는 길상의 문양이 새겨져 있고, 벽화의 푸른색·붉은색·황금빛은
각각 지혜·자비·깨달음을 상징한다. 사원 전체가 하나의 우주 지도처럼
엮여 있다.

순례자들은 사원을 돌며 코라Kora·순례길를 돈다.
한 바퀴, 또 한 바퀴 돌 때마다 마음의 먼지를 털어내고 번뇌를 내려놓
는다.

조캉 앞 바코르 광장은 수천만 번의 절과 숨으로 다져진 땅이다. 그 위에서 사람들의 믿음이 피처럼 뛰고, 세상의 맥박이 된다.

포탈라궁이 하늘의 상징이라면 조캉은 땅 위에서 살아 숨 쉬는 믿음의 맥박이다. 그곳에서 사람들은 말이 아니라 몸으로 믿음을 보여준다.

"순례는 멈추기 위한 길이 아니라

머무는 법을 배우는 길이다."

사원 밖 골목마다 오색 룽다가 펄럭인다.

'옴 마니 반메 훔'의 진언이 바람을 타고 세상 곳곳으로 흘러간다.

시장 소리, 향 내음, 불경의 낭송이 하나의 생활 만다라처럼 어우러진다.

이곳에서는 종교와 일상, 신앙과 삶이 하나다.

나는 그 자리에 오래 머물렀다. 기도하는 사람들의 눈빛 속에서 신보다
더 깊은 인간의 마음을 보았다. 조캉사원은 오래된 유적이 아니라 지금
도 숨 쉬는 우주였다.

순례란 도착이 아니라
자신을 비우고 다시 우주의 중심과 연결되는 호흡이었다.

영혼의 순례 – 오체투지,
몸 전체로 새기는 해탈의 길

"지상에서 가장 높은 길을 지나

가장 낮은 자세로 부처에게 다가서는 것."

오체투지五體投地는 이마, 두 팔, 두 무릎을 땅에 대고 완전히 엎드리는 절
이다.
티베트 사람들에게 그것은 단순한 예식이 아니라 삶 전체를 바치는 수
행이다.

가을 추수가 끝나면 순례자들은 수백, 수천 킬로미터의 길을 향해 몸을
던진다.
그 길은 참회이자 정화이며, 윤회의 고통을 넘어 해탈로 향하는 여정이다.
그들이 비는 것은 오직 하나 –
모든 생명이 평화롭기를.

그들은 나무장갑과 가죽 앞치마를 착용하고, 하루 6㎞ 남짓을 눈과 바
위, 얼음 위를 오체투지로 나아간다. 출발 전 "살생하지 말라, 거짓을 말
하지 말라, 욕심을 버려라." 이 세 가지를 서약하며, 자신의 몸을 하나의
기도 도구로 바친다.

길 위에서 생을 마감하는 것도 그들에게는 두려움이 아니라 해탈의 완
성이다. 마지막에는 독수리에게 시신을 내어주는 조장鳥葬으로 세상에
자신을 다시 돌려준다.

삶과 죽음은 끊어지는 것이 아니라 다시 이어지는 순환이다.
그들의 순례는 고통이 아니라 사랑의 반복이다.
한 번의 엎드림마다 세상이 조금 더 평화로워지기를 바라며.

순례의 종착점
– 조캉사원에서 침푸 계곡까지

수개월의 고행 끝에 순례자들은 라싸의 포탈라궁을 바라보며 조캉사원
앞 바코르 광장에 도착한다. 그곳은 그들의 영혼이 돌아오는 자리이자
'부처를 만나는 순간'이다.

조캉사원은 티베트인들의 '영혼의 심장'이자 최고의 성지이다.
사원 안에는 당나라 문성공주가 가져온 12세 석가모니상_{조오불상}이 모셔
져 있다. 티베트 불자라면 누구나 일생에 한 번은 찾아야 하는 가장 성스
러운 공간이다.

하지만 진정한 순례는 여기서 끝나지 않는다.
그 길은 라싸 남쪽 침푸 계곡_{Chimphu Valley}으로 이어진다.
그곳은 티베트의 성자 파드마삼바바_{연화생·Guru Rinpoche}가 마지막 수행을
했던 은둔의 장소다. 사람들은 그곳을 "죽음을 준비하며 깨달음을 완성
하는 성지"라 부른다.

티베트의 삶은 결국 하나의 순례다.
오체투지의 고행, 조캉에 도착, 침푸의 은둔 - 모두가 삶과 죽음, 비움과
귀의의 완성된 원을 이룬다.

오늘도 그들은 걷는다.

조캉의 바람 속에서,

침묵의 기도 속에서,

자신의 다음 생을 향해

조캉사원은
입술로 드리는 기도의 자리가 아니라
삶으로 기도하는 이들의 숨결의 자리였다.

그들의 몸짓 하나가
기도문이 되고,
땅과 하늘을 잇는 언어가 되었다.

기도의 땅

눈물이
기도를 열었고,

기도는
위로가 아니라
자신 안으로
내려가는 길이었다.

내 삶에서 '기도'란 무엇으로 정의될 수 있는가?
언제 나는 온몸으로 나 자신을 내려 놓은 적이 있었는가?
나의 믿음은 말인가, 행동인가, 아니면 존재의 방식인가?

가장 높은 사원에서 만난 내면의 확장

간덴사원Ganden Monastery
라싸에서 북동쪽 40㎞, 해발 4,300m 왕구르산
정상에 자리한 구름 위의 수행처. 1409년 종카
파가 창건한 겔룩파의 본산으로, 포탈라궁·세라
사원과 함께 티베트 3대 사원 중 하나다. '간덴'
은 산스크리트어 Ganden, 즉 '기쁨의 천상'歡喜
天을 뜻한다. 이곳의 기쁨은 쾌락이 아니라 고통
과 수행을 통과한 뒤 얻는 맑은 환희 - 내려놓음
에서 피어나는 고요한 미소다.

"멀리 보려면 더 높이 올라야 한다.
가장 높은 곳에서 가장 밝게 웃는 신이 있다."

붉은 절벽 위에 피어난
하늘의 웃음

해발 4,200~4,750m. 하늘과 가장 가까운 고도, 숨이 짧아지고 말이 느려지는 그 자리. 붉은 절벽 위에 간덴사원Ganden Monastery이 서 있었다. 라싸3,650m보다 훨씬 높은 이곳은 세속의 언어가 닿지 않는 하늘의 층, 신성과 인간의 경계가 투명하게 열리는 공간이었다.

'간덴'은 미륵보살의 고향, 도솔천兜率天·Tushita을 뜻한다. 그 이름처럼 이곳은 하늘의 기쁨이 머무는 자리였다.

1409년, 종카파宗喀巴 대사가 이곳에 첫발을 디뎠다. 그는 부와 권력에 물든 불교를 새롭게 개혁하고자 청정한 계율과 지혜, 자비의 수행으로 겔룩파黃教派를 창시했다.

"부처의 가르침은 다시 본래의 자리로 돌아가야 한다."

그의 정신은 간덴에 뿌리내려 달라이 라마를 비롯한 수많은 고승들의 깨달음의 근원이 되었다.

사원 마당에 들어서자 향 내음이 공기 속에 스며들었다. 붉은 가사를 두른 승려들의 낮은 염송이 돌벽에 울리고, 벽마다 걸린 불화와 금빛 불상들은 600년의 침묵과 호흡으로 그 자리를 지키고 있었다.

사원은 높았고, 침묵은 깊었다.
기도는 말이 아니라 시야의 확장이었다.

굽이진 산길을 오를수록 나는 조금씩 나를 벗고 가벼워졌다.
도착의 순간, 눈앞엔 구름의 바다, 하늘은 조용히 웃고 있었다.
그곳에서 나는 깨달았다.
신앙이란 굴복이 아니라 자유임을.

간덴은 단지 사원이 아니었다. 붉은 기와와 흰 벽 사이를 걷다 보면 세상이 사라지고, 내가 하늘 위를 걷는 듯한 착각에 빠진다. 촛불을 올리는 어린 순례자의 손끝, 그 떨림에서 피어오르는 기도는 그 어떤 설법보다 순수하고 맑았다.

나는 사원을 둘러싼 순례길 링코르Lingkhor를 걸었다. 마니차를 돌릴 때마다 바람이 일고, 기도의 깃발 룽다가 세상의 고통과 희망 속으로 흩날렸다.

간덴은 신앙의 해탈이다. 포탈라가 신앙의 '형상'이라면 조캉은 신앙의 '맥박', 간덴은 질문을 품고 떠난 자가 돌아와 '말없이' 답을 얻는 곳. 그 신앙이 완성되는 자유의 자리다.

간덴의 바람이 속삭였다.
"깨달음은 떠남이 아니라
세상을 품는 일이다."

하늘보다 깊이 내려앉은 마음이
더 넓었다.

기도는 더 이상 소망이 아니었다.

그저 존재로 머무는 일, 그 자체가 해탈이었다.

"모든 무게를 올려놓고도 하늘은 여전히 웃을 수 있다."

하늘 가까운 이 기쁨의 천상에서 나는 깨달았다.

믿음은 멀리 있는 것이 아니라 한 걸음, 한 걸음 숨의 호흡 속에서

자라나는 것임을.

천상은 높이 나는 것이 아니라

그 자리에서 가장 투명해지는 일이었다.

하늘의 웃음

높은 곳엔
세상의 소음이 닿지 않는다.

고요한 자만이
신의 웃음을 듣는다.

기도는 눈을 감는 일이 아니라
더 먼 곳을 바라보는 일이다.

나는 내 삶의 가장 높은 곳에서 무엇을 내려놓고 있는가?
내 안의 하늘은 지금, 어떤 미소로 나를 비추고 있는가?
나는 '얻음'이 아닌 '비움'에서 오는 기쁨을 경험한 적이 있는가?

17장. 세라 사원,
살아있는 배움의 장에서

티베트 3대 사원의 마지막 여정

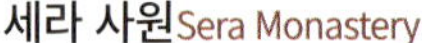

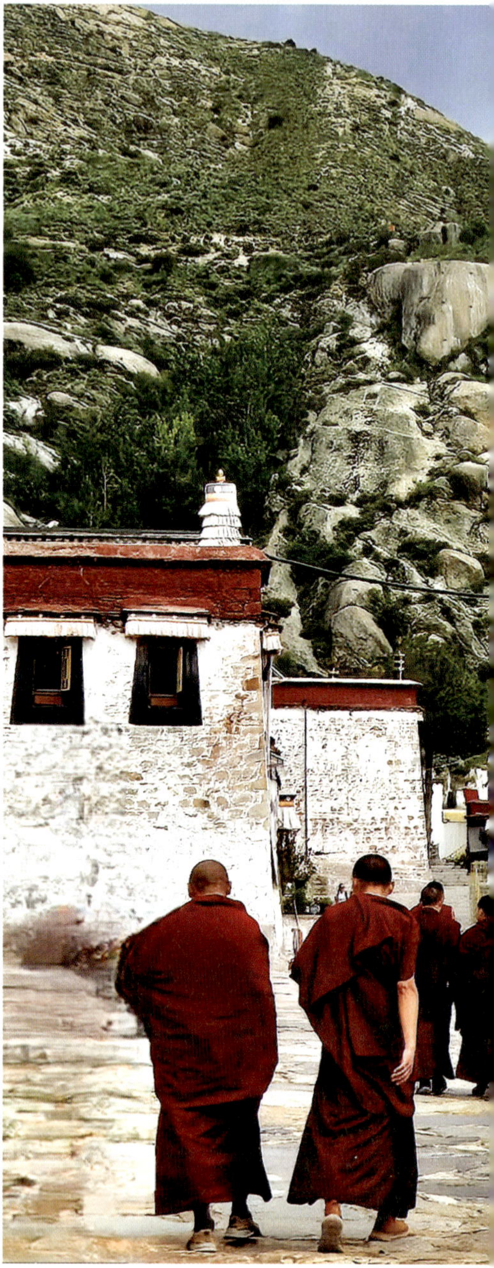

세라 사원 Sera Monastery
라싸 북쪽 외곽, 포탈라궁에서 약 5㎞. 1419년 총카파가 창건한 겔룩파의 대표 교육사원으로, 포탈라궁, 간덴사원과 함께 티베트 3대 사원 중 하나다.
오후마다 열리는 토론식 수업은 불교 철학을 깨닫기 위한 수행의 장으로, 사유와 공감이 살아있는 지혜의 현장이나.
세라사원은 말한다. 깨달음의 길은 고요가 아니라 묻고 듣는 대화 속에 피어난다고.

"진리는 고요 속에만 머물지 않는다.
때때로 목소리 속에서 피어나고,
논쟁의 불꽃 속에서 단단해진다"

토론 속의 진리,
신앙을 넘어 삶으로 실천되는 배움

해발 3,700m, 라싸 북쪽 붉은 산자락 위.

세라사원色拉寺은 단순한 기도의 공간이 아니었다. 그곳은 '살아 있는 지혜의 도장道場', 지식이 숨 쉬고 질문이 피어나는 사원이었다. 티베트 불교 겔룩파의 6대 사원 중 하나인 이곳은 묻고 답하는 대화 속에서 진리가 살아 움직이는 '사유의 광장'이다.

한낮의 햇살 아래, 붉은 가사를 두른 승려들이 돌이 깔린 마당에 모였다.

둘씩 짝을 지어 마주 선 순간 토론이 시작된다.

"무엇이 진리인가? 모든 것은 공空한가, 혹은 영원한가?"

손뼉이 울릴 때마다 공기가 진동하고, 그 울림은 고원의 바람처럼 마음 속 깊이 스며든다.

나는 숨을 멈추고 그 장면을 바라보았다.

명상은 고요 속에서만 이루어지는 줄 알았는데, 이곳에서는 지혜가 소리 속에서 깨어났다. 질문과 대답이 부딪힐 때마다 논박은 다툼이 아니라 깨달음의 불꽃이 되었다.

승려의 손끝이 허공을 가르고, 발끝이 대지를 울릴 때마다 그 안에는 진리를 향한 간절한 열망이 있었다. 손바닥의 울림은 무지를 깨는 각성의 망치였고, 발의 진동은 "진리는 현실 위에 서야 한다"는 가르침이었다.

세라의 토론은 공격이 아니라 연민에서 시작된 탐구였다.
모른다고 말할 용기, 듣고 이해하려는 겸허함, 그것이 이곳의 법문이었다.
세라사원은 조용히 말한다.

"신앙은 침묵이 아니라 대화하는 용기다."

이곳에서의 배움은 단순한 암기가 아니라 사람과 사람 사이의 살아 있는 지혜의 실천이었다. 많이 아는 자보다 '깊이 이해하는 자', 정답을 말하는 자보다 '질문을 던지는 자'가 존경받았다.

붉은 벽 위로 저녁 빛이 번지며 나는 마음속으로 중얼거렸다.

"지혜는 쌓는 것이 아니라 나누는 것이다."

세라사원은 가르쳤다.
배움은 외우는 것이 아니라
함께 묻고 깨닫는 일임을.

그들의 말보다 깊었던 것은
살아 있는 진리의 숨이었다.

세라사원에서 배운 것

붉은 담장 너머 손끝이 하늘을 가르고
발끝이 대지를 울린다.

묻고, 답하고, 부딪히는 말들 속에
지혜는 숨 쉬고, 진리는 깨어난다.

고요만이 수행인 줄 알았던 나,
오늘은 알았다.
소리치는 그들의 목소리 속에
불교는 살아 있었고, 깨달음은 움직이고 있었다.

손뼉의 울림이 내 마음의 먼지를 털어내고,
발 구름의 진동이 나를 다시 현실 위에 세웠다.

세라사원, 그곳에서 배운 것은
멈추지 않는 물음과 소통이 곧
끝나지 않는 깨달음의 길이라는 진리였다.

소리와 침묵 사이에서

손뼉이 울린다 –
소리가 아니라 진리의 맥박.

말이 흐른다 –
논쟁이 아니라 사랑의 언어.

나는 최근, 누군가와 얼마나 깊은 대화를 나눴는가?
나에게 지혜란 무엇이며, 그것은 어떻게 길러지고 있는가?
나는 질문을 두려워하지 않고, 침묵으로도 응답할 수 있는가?

향은 연기이고,
연기는 기도이며,
기도는 곧 삶이다

천불암

라싸 북서쪽 언덕 위, 도시의 소음에서 벗어난 고
요한 명상처. 벽면 가득한 불상으로 이름 붙여졌
지만 이곳의 중심은 '향'이다.

향을 피우는 행위 자체가 기도이자 수행이며, 천
불암은 종교의 형상보다 '존재의 마음'을 상징한
다. 천 개의 부처보다 더 귀한 것은 그 앞에 앉아
조용히 향을 피우는 한 사람의 마음이다.

"기도는 형상이 아니라 흔적이다.

천불암,
향 속에 깃든 천 개의 마음

포탈라의 장엄함, 조캉의 신성함, 간덴과 세라의 지성 너머 마침내 우리의 발걸음은 한 점 고요의 중심으로 향한다.
그 끝에서 만난 곳이 천불암千佛庵이다.

라싸 외곽의 언덕 위, 바람마저 조심히 스쳐 가는 곳.
작은 암자 하나가 세상의 소음을 거두고 시간의 그림자 속에 앉아 있다.
이곳에는 거대한 법당도, 황금 불상도 없다.
대신 한 줄기 향이 천천히 피어오르고, 그 연기 속에서 누구도 말하지 않지만 모두가 무언가를 말하고 있었다.

천불암은 15세기 초에 세워져 오늘까지 이어져 온 티베트의 침묵의 성소다. 수많은 고승의 숨결이 배어 있고, 세월의 굴곡 속에서도 향불은 한 번도 꺼지지 않았다. 그 향처럼 이곳의 신앙도 소리 없이 그러나 꾸준히 타올라 왔다.

천 개의 부처가 새겨진 벽면은 기도의 대상이자 침묵의 증인이었다. 하지만 진짜 부처는 그 앞에 앉아 한 줄기 향을 피우는 한 사람의 등에 있었다.

천불암은 말하자면 향의 바다다. 향은 냄새가 아니라 마음의 방향이다.
그날의 향은 편백나무였다. 자연의 향기가 암자를 감싸자, 그 의식은 종
교의례가 아니라 자연과 인간이 함께 호흡하는 수행처럼 느껴졌다.

"기도는 외치는 것이 아니라 묵묵히 향을 피우듯 자신을 태우는 일이다."

노승의 그 한마디가 향보다 먼저 내 마음에 스며들었다.

향은 비워야 퍼지고, 기도는 사라져야 남는다.
나는 이곳에서 '사라지는 것들의 깊이'를 배웠다.

한참을 앉아 있노라면 깨닫게 된다.
향은 나를 따라 피어오르지 않는다.
오히려 내가 향의 흐름을 따라 내면 깊숙이 가라앉는다.

천불암은 작고 소박하다. 그러나 그 작음이 오히려 인간의 내면을 드넓
게 한다. 기도는 거대한 성전의 특권이 아니라 오늘을 진심으로 살아내
는 사람의 고요한 습관이었다.

천불암을 나서며 나는 몸을 돌렸다.
거대한 세상에서 잠시 벗어난 그 순간, 내 안에서 천 개의 마음이 피어오
르고 있었다.

천불암은 가르친다.
깨달음은 오름이 아니라 내려놓음,
높이는 비움의 깊이다.

향이 사라질 때 향이 되듯
비워질 때 인간은 가장 깊다.

기도는 특별한 자리에 있지 않았다.
삶 자체가 향이었고, 하루하루가 기도였다.
그제야 나는 그 뜻을 조금 알 것 같았다.

천불암에서

차가운 라싸의 아침,
편백나무 향이
구름처럼 피어올라
사원의 숨결을 감싼다.

천 불상이 바라보는
천 개의 눈빛 속에
세월은 기도로 이어지고,
신앙은 향내로 되살아난다.

기도주를 돌리는 노인의 손,

경전을 읊는 젊은 승려의 눈,

합장하는 아이의 미소 속에

역사와 삶,

그리고 미래가 겹쳐 앉아 있었다.

나는 여행자였으나

그 순간만큼은 수행자였다.

향은 내 마음의 먼지를 털어내고,

합장은 나의 하루를 정화했다.

천불암,

그곳은 천 개의 불상이 아니라

천 개의 마음이 깨어나는 자리였다.

조용히 앉아 나를 비운 시간이 있었는가?

사라지면서 남는 것, 내 안에도 그런 흔적이 있는가?

내가 남긴 향기는 누군가에게 어떤 마음으로 기억될까?

향의 길 위에서

향이 스며든다 –
시간이 고요히 숨 쉬는 방식.

기도는 말이 아니라
마음으로 접는 한 장의 바람.

천 개의 부처가 웃는다 –
내 안에 피어오른 자각의 빛을 향해.

하늘이 내 안에 머물 때
나는 비로소 침묵이 된다

하늘은 멀리 있지 않았다.
언제나 내 안에서 조용히 나를 바라보고 있었다.

고도를 오른다는 건 세상을 높이기 위함이 아니라
내 안의 깊이를 확장하는 일이었다.

포탈라의 빛,
조캉의 맥박,
간덴의 바람,
세라의 소리,
천불암의 향.

그 모든 것은 하늘이 인간의 마음을 통과하며 남긴 숨의 흔적이었다.
기도는 말이 아니라 숨이 되었고, 침묵이 되어 마침내 존재가 되었다.

이제 나는 안다.
하늘은 위에 있지 않다.
그것은 내 안에 머물며 나를 투명하게 비춘다.

길이 나를 통과했다면 이제 하늘은 내 안에 머문다.

침묵이 기도가 되고, 호흡이 노래가 되며,
존재가 하늘의 언어로 변하는 자리 -

그곳이 바로 고요의 완성이었다.

제3부
사람을 만나다,
침묵을 배우다
교류, 문화, 정서, 존재의 공명을 따라

"길의 끝에서 만난 것은 사람이다."

길을 따라 걷다 보면 어느 순간 풍경이 멈추고
사람이 시작된다. 차마고도는 단순한 길이 아니라
사람이 사람을 배우는 학교였다.

제3부는 차마고도의
'인간적 교류의 완성'을 이야기한다.
이 길은 티베트·윈난·쓰촨을 잇는 문화의 통로이자
삶과 신앙이 오가는 인간의 문명로였다.

리장麗江의 장터, 샹그릴라의 고성,
더친德欽의 교역지, 망캉芒康과 보미波密,
루랑魯朗의 고원 마을까지 - 그곳마다
사람의 손이 있었고, 그 손은 차와 말을, 그
리고 마음과 마음을 건넸다.

차마고도의 진짜 보물은 풍경이 아니라 사람이었다.
차와 말, 소금과 신앙, 그리고 정과 웃음이 오가던 곳.

그들은 물건을 팔러 왔지만
돌아갈 때는 마음을 나누고 갔다.
그래서 이 길은 '교역의 길'이 아니라
'사람 마음의 길'이라 불릴 만했다.

차茶는 대화였고, 미소는 철학이었으며,
침묵은 서로를 이해하는 가장 깊은 언어였다.

그 길 위에서 우리는
비로소 진짜 나와의 대화를 시작한다.

길은 산을 넘어 이어지고,
사람은 침묵을 건너 서로에게 닿았다.

말보다 깊은 울림,
눈빛보다 오래된 신뢰.
우리가 진정 만난 것은
풍경이 아니라 사람이었다.

한 잔의 차,
한순간의 침묵
그 안에 마음이 있었다.

가장 깊은 만남은
말이 아니라
조용한 숨결로 온다.

차마고도 - 윈난에서 라싸까지, 고난과 교류의 옛길

차마고도茶馬古道는 중국 남부 윈난雲南과 쓰촨四川에서 티베트西藏 라싸拉薩에 이르는 험준한 교역로이다. 이 여정은 북로와 남로로 나뉘며, 그중 남로는 윈난에서 출발해 라싸로 이어진다.

각 지역은 서로 다른 문화와 신앙이 교차하며, 길 위의 인간사를 형성했다.

리장麗江
나시족納西族 마방의 출발지, 차마고도의 경제 중심
교역과 문화의 요충지이자 동파東巴문화의 본거지

샹그릴라香格里拉
티베트와 윈난 문화의 교차점, 두꾸종 고성獨克宗古城 위치
신앙과 상업이 공존한 다문화 교류지

더친德欽
윈난과 티베트의 경계, 금사강金沙江 부근
국경을 넘어 신뢰와 교류가 이어진 관문

망캉芒康
라싸로 향하는 중간 기착지, 교역로의 결절점
물류와 문화의 연결 중심, 마방들의 쉼터

보미波密
차·향료·목재 교역 중심지
침향沈香과 차가 오가던 향의 교류지, 감각의 문명

루랑魯朗
고원의 산장 마을, 여정 속 환대의 상징
고산의 피로를 녹이는 따뜻한 인간적 공간

린즈林芝
현대 티베트의 신도시, 교육과 청년문화의 중심
전통과 현대가 공존하는 티베트의 미래상

영성의 수도, 라싸拉薩는 차마고도의 물리적 종착점이자 정신적 성소이다. 조캉사원大昭寺과 바코르광장八廓街을 중심으로 순례자와 상인, 수도자가 한데 모여 기도와 교류, 신앙과 생존이 뒤섞인 인간 문명을 이루었다.

이곳에서 차마고도의 여정은 끝나지만 '길의 완성'은 곧 인간의 완성이었다. 물질의 교환을 넘어 영성과 신뢰가 오간 자리 - 그곳에서 길은 하나의 문명이자 인간의 기억으로 남는다.

순례자와 상인, 마방
– 각자의 길이 모이는 곳

차마고도에서 만나는 네 얼굴

마방 노동, 생존의 길을 잇는 자
"길은 그들의 어깨 위에서 열렸다."

순례자 신앙, 믿음의 길을 걷는 자
"발걸음마다 기도가 피었다."

상인 교류, 거래의 중개자
"거래는 마음의 언어였다."

수도자 침묵, 고요의 스승
"침묵은 진리를 품었다."

"길은 목적을 묻지 않는다.
다만 멈추었다 다시 걷는 자들의 어깨 위에
삶의 무게와 빛을 함께 얹어줄 뿐이다."

리장과 샹그릴라
– 공존의 장터

리장麗江은 차마고도의 출발지였다.

사방가四方街 장터에는 나시족, 한족, 티베트인이 모여 차와 소금, 약재와 웃음을 함께 나눴다. 서로 말은 달라도 마음은 통했다. 거래는 물건의 교환이 아니라 신뢰의 대화였다.

샹그릴라香格里拉, 그곳은 세속과 신앙이 만나던 고원 도시였다. 차의 향기와 향불의 연기가 한 골목에서 섞였다. 상인은 생계를 위해, 순례자는 구원을 위해 길을 걸었지만 결국 그들은 서로를 배우고 있었다. 그 만남은 거래가 아니라 인간을 배우는 시간이었다.

차마고도茶馬古道는 단순한 무역길이 아니었다.

그곳은 서로 다른 삶이 손을 잡는 연대의 길이었다.

기도와 흥정, 침묵과 웃음이 같은 바람 속에 공존했다.

누군가는 신에게 말했고, 누군가는 시장의 손님과 흥정했다.

그러나 그 모든 소리는 서로를 존중하는 하나의 언어였다.

순례자는 신을 향해, 상인은 가족을 향해 걸었다.

하지만 둘 다 자신의 이유로 묵묵히 길을 걸은 사람들이었다.

하루의 고단함 속에서도 그들은 물 한 모금, 차 한 잔을 나누며 같은 하늘 아래 인간으로서 머물렀다.

기도와 저울이 한 장터의 햇살 아래 나란히 놓인 풍경 –

그곳이 바로 차마고도의 공존이었다.

험준한 산맥과 예측할 수 없는 날씨 속에서 마방과 상인은 서로의 생명을 의지했다.

티베트의 유목민은 윈난의 차를 기다렸고, 윈난의 사람들은 티베트의 말과 약재를 기다렸다. 그 교환은 돈이 아닌 믿음의 약속이었다. 거래는 숫자가 아니라 온기와 신뢰의 호흡으로 이루어졌고, 그 길은 물건이 아닌 사람의 마음을 실어 날랐다.

차마고도는 세속世俗과 신앙의 경계를 허물었다. 상인은 이익을 좇아 길을 나섰으나 험한 길에서 오체투지로 절하며 걷는 순례자를 보며 삶의 이유를 다시 묻곤 했다.

한쪽은 믿음을 나르고, 다른 한쪽은 생명을 실었다.

하지만 결국 두 걸음은 하나의 숨결로 이어졌다.

상인은 순례자에게 물을 건네고, 순례자는 그를 위해 기도했다.

물질을 나누는 손과 기도를 올리는 손이 같은 자리에 머무는 순간 —

그곳에서 세상은 잠시 평화로웠다.

길 위에서는 누구도 높지 않았다. 누구도 낮지 않았다.
모두가 자기만의 이유로 걷고, 서로의 이유를 이해하며 걸었다.
그것이 바로 '차마고도의 인간학人間學',
사람이 사람을 배우는 길이었다.

모두 다른 꿈을 꾸었지만
하나의 길 위에서 서로를 지탱했다.
차마고도는 그것을
거래가 아닌 공존共存이라 불렀다.
그 길 위에선
기도도, 거래도, 침묵도
모두 인간을 잇는 하나의 언어였다.

길은 묻지 않았다.

누가 신을 찾고,

누가 이익을 좇는지

그저 걷는 자의 숨결을

같은 빛으로 비추었을 뿐

한 그릇 국수 앞에서

이름도 신분도 잊은 채

우리는 그냥 사람이었다.

내가 걷는 길은 신념의 길인가, 생존의 길인가?
신앙과 일상, 정신과 물질이 조화를 이루는 삶이 가능한가?
그리고 나는 이 길 위에서 어떤 빛이 되어 걷고 있는가?

윈난의 더친과 티베트의 망캉,
두 문화가 맞닿은 접경의 땅

"경계는 끝이 아니라 시작이다.
두 세계가 가장 가까이 숨 쉬는 자리."

국경, 삶과 삶 사이의
희미한 선을 넘다

차마고도茶馬古道는 지도보다 먼저 생겨난 길이었다.
국경이 그어지기 전부터 사람들은 그 길을 따라 걸으며 서로를 만났다.

그곳에서 '경계'는 싸움의 선이 아니라 서로를 배우고 비추는 거울 같은
자리였다.
말은 달랐지만 눈빛은 같았고, 신앙은 달라도 숨의 리듬은 하나였다.

윈난성의 끝자락, 더친德欽은 차茶와 소금, 약초와 가축이 오가던 장터
였다.
금사강金沙江을 따라 이어진 험준한 협곡길을 따라 사람들은 서로의 마
을과 생명을 이어주었다.

그 맞은편, 티베트로 진입하는 관문 망캉은 라싸로 향하는 마방의 중간
쉼터였다. 이곳의 장터엔 윈난의 상인, 나시족 짐꾼, 티베트 순례자, 그리
고 쓰촨에서 온 행상들이 모였다.

말은 통하지 않아도 손짓과 미소는 모든 것을 대신했다. 차를 내미는 손,
흥정을 마무리하는 눈웃음이야말로 인간의 가장 오래된 언어였다. 험한

경계는 사람을 나누지 못한다.
그곳에서 우리는 더 가까워졌다.

다른 얼굴과 다른 믿음 속에서도
사람은 같은 하늘의 숨을 나눈다.

그래서 차마고도는
국경의 길이 아니라
사람이 사람을 배우는 길이었다.

길 위에서 그들은 언어 대신 신뢰가 있었고, 계약 대신 따뜻한 체온으로
이어졌다.

차마고도는 '국경의 길'이 아니라 '교감의 길'이었다,
이 길에서 '경계'境界란 막음의 선이 아니라 연결의 다리였다.
상품과 언어, 문화와 신앙이 오가며 서로를 조금씩 바꾸고 넓혔다.

사람들은 물건을 교환했지만 그보다 더 깊이 오간 것은 마음이었다.
험난한 여정 속에서 신뢰는 생존의 조건이자 존재의 증명이었다.
그래서 차마고도는 물질의 길이 아니라 관계의 길, 거래의 길이 아니라
공존의 길이었다.
국경은 그저 땅 위의 선일 뿐 진짜 중심은 사람과 사람 사이의 교감이
었다.

선을 긋는 건 땅이 아니라 사람의 시선이었다.
길 위에서 나는 '경계'를 보았다.
강가에는 군복을 입은 젊은 병사가 서 있었다.
그의 발끝은 윈난이었고, 그의 그림자는 티베트에 닿아 있었다.

짐을 실은 노새 행렬이 그 곁을 지나갔다.
순례자는 기도문을 속삭였고, 상인은 짐을 고쳐 묶었다.
서로의 목적은 달랐지만 그 순간만큼은 같은 하늘 아래 있었다.

그 장면을 오래 바라보았다.

그제야 알았다.

경계는 땅 위가 아니라 사람의 시선 속에 있다는 것을.

누군가의 마음이 '이쪽'과 '저쪽'을 나누는 순간 비로소 선이 생긴다.

하지만 서로의 눈을 바라보는 순간 그 선은 사라진다.

경계

경계는 말이 없었다.
그러나 그곳에서
가장 많은 언어가 오갔다.

선은 세상을 나누었지만
눈빛 하나가
세계를 이어주었다.

그 순간,
침묵은 언어가 되었고
낯섦은 이해가 되었다.

나는 일상 속에서 어떤 '보이지 않는 선'을 긋고 있는가?
그 경계는 나를 지켜주는가, 아니면 나를 고립시키는가?
교류와 공존의 시대에 나는 다름을 두려워하지 않고 있는가?

향과 호흡의 철학,
차는 말 없는 기도였다

"어떤 차는 향으로 마시고,
어떤 차는 고요로 마신다.
그리고 침향은 기도로 마신다."

보미에서
향의 시간을 마시다

티베트 동부의 작은 마을 보미. 이곳은 차와 향이 서로를 알아보던 고요한 땅이었다. 남쪽 숲에서 온 침향은 천천히 북으로 올라오고, 윈난의 차는 산맥을 넘어 이곳으로 흘러들었다. 향과 차가 만나는 그 순간 사람과 사람, 마음과 마음이 이어졌다.

이곳 사람들은 손님이 오면 먼저 향을 피웠다. 그 향은 마음을 닦는 인사였다. 이윽고 차를 내면 말 없이도 평화가 피어났다. 향은 침묵의 언어였고, 차는 마음을 나누는 대화였다. 그 두 가지가 만날 때 기도와 명상이 하나가 되었다.

침향沈香은 상처 입은 나무에서 태어난다. 라오스, 베트남, 캄보디아, 말레이시아, 그리고 윈난 남부의 깊은 숲속에서 자생하는 귀한 향목이다.

나무는 고통을 품은 채 세월을 견디며 수십 년, 혹은 백 년의 시간 끝에 상처를 향기로 바꾼다. 그래서 침향은 고통이 남긴 향기, 자연이 빚은 침묵의 예술이다.

보미는 남쪽 숲과 북쪽 사원이 이어지는 길목이었다.

남방의 향목이 윈난을 지나 이곳을 통과해 티베트의 사원으로 향했다.
그 길 위에서 침향은 단순한 향이 아니라 기도의 형식이 되었고, 차는 단
순한 음료가 아니라 영혼을 데우는 의식이 되었다.
차는 말 없는 기도였다.

한 잔의 차 속에서
나는 나를 만났다.

향은 눈을 깨우고,
고요는 마음을 맑혔다.

모든 기도는 결국
이처럼 말 없는 향으로 피어난다.

차를 마신다는 건 단지 목을 적시는 일이 아니었다. 한 모금이 목을 지나 영혼 깊숙이 스며드는 순간 눈은 맑아지고, 마음은 고요해졌다.
그곳은 기도가 머무는 자리, 언어가 사라진 성소였다.

"차는 말 없는 기도입니다. 향이 길을 열고, 침묵이 마음을 채웁니다."

침향은 차이자 향, 향이자 명상이었으며,
명상은 곧 인간을 깨우는 길이었다.
차는 혀로 마시는 것이 아니라 마음으로 마시는 것이었다.

차마고도의 여정에서 나의 벗은 침향차 한 잔과 오일 한 방울, 그리고 2,000℃의 불에 구운 죽염이었다. 라오스에서 귀한 인연으로 건네받은 침향 한 조각을 끓는 찻물에 띄우자 은은한 향이 먼저 마음에 스며들었다.

첫 잔은 설렘, 그다음은 고요였다. 입안에 남은 달콤한 산미, 피로를 녹이는 부드러운 온기, 숲이 숨 쉬는 듯한 향의 여운 — 모두가 하나의 고요로 이어졌다. 그 순간 음악도 시간도 멈추었고, 차와 향 그리고 나는 같은 숨결 안에서 하나였다.

산맥을 넘어도 고원을 걸어도 두통도 피로도 내게 머물지 않았다.
귀국 후 새벽까지 글을 써도 눈은 맑았고 마음은 고요했다.
곱씹어보니 그 모든 맑음의 근원은 바로 침향이었다.

침향은 몸을 맑게 하고 마음을 고요히 가라앉히며 영혼을 밝힌다.
《본초강목》은 "명목"明目이라 하였고, 《동의보감》은 "기를 내리고 열을 내린다."고 적었다. 침향은 눈을 맑게 하고 열을 내려 마음을 편안하게 한다.

현대의학 또한 말한다. 침향은 스트레스를 완화하고 몸의 균형을 되찾게 하는 천연의 치유 향이라 한다. 고통이 지나 맑음으로 피어난 향기, 그것이 바로 침향의 본질이다.

차는 몸을 맑게 하고, 향은 마음을 맑게 하며, 침향은 영혼을 맑게 해준다.
그 향은 눈을 밝히고, 생각을 비추며, 마음을 투명하게 가라앉힌다.
침향은 결국 시간이 만든 깨달음의 향기이자 자연이 인간에게 남긴 가장 조용한 기도였다.

오늘도 나는 글을 쓰기 전 한 잔의 침향차를 마신다. 그 향은 내 안의 소음을 걷어내고, 마음의 먼지를 씻어내며, 생각을 투명하게 만든다.

한 모금의 침향은 나를 다시 맑게 한다.
그것이 바로 향으로 마시는 깨달음의 시간이다.

> 내 삶에서 '차'와 같은 존재는 누구 혹은 무엇인가?
> 내 마음을 가장 맑게 해주었던 '한 잔의 순간'은 언제였는가?
> 지금 내 안의 혼탁함을 정화해 줄 '침향'은 어디에 있는가?

향이 먼저 도착하고,
차가 뒤따라 마음을 닦는다.

말하지 않아도
기억되는 온기의 언어.

침향은
기도보다 더 깊은
침묵이었다.

언어보다 따뜻한 리장과
루랑의 차 문화

리장麗江 **루랑**魯朗

리장麗江

차마고도의 중심 교역지이자 남방의 차가 북방
으로 오르던 길목. 리장고성麗江古城은 오랜 교류
의 흔적을 간직한 도시로, 1997년 유네스코 세
계문화유산에 등재되었다.

루랑魯朗

티베트 린즈林芝의 고원 마을로, 차와 향의 환대
문화가 살아 있다. 손님을 맞으며 차를 내고 향
을 피우는 전통이 이어진다.

"리장은 길의 도시, 루랑은 마음의 마을이었다."
하나는 세상을 잇고, 하나는 인간을 잇는다. 두
마을을 잇는 것은 결국 차향의 숨결이었다.

"말보다 먼저 건네지는 것이 있다.
그것은 따뜻한 찻잔, 그리고 마음이다."

한 잔의 차,
관계가 시작되는 자리

길 위의 바람은 차고 세상은 낯설다. 그러나 어느 날, 어느 마을의 모퉁이에서 누군가 말없이 내민 한 잔의 차는 그 모든 거리와 경계를 녹여내곤 했다.

차茶는 사람과 사람이 만나는 첫 마음의 다리였다.
말보다 먼저 진심을 전하고, 형식보다 먼저 마음을 여는 의례.
그 속에는 '함께'의 미학, 즉 인간이 인간에게 다가가는 가장 고요한 방식이 담겨 있었다.

윈난의 리장麗江과 티베트의 루랑魯朗, 두 마을 모두 차와 사람이 함께 숨쉬는 고원의 마을이다.
리장은 차마고도의 중심이었다. 리장고성麗江古城의 스바허四方街를 걷다 보면 찻잎을 파는 상점들이 줄지어 있고, 곳곳의 찻집에서는 여행객에게 따뜻한 차 한 잔을 권한다. 그 한 잔이 낯선 이를 손님으로 바꾸고, 타인을 이웃으로 품는다.

루랑은 보미와 함께 린즈 지역에 자리한 또 하나의 고원 마을이다.
보미가 자연의 치유라면 루랑은 인간의 환대다.

이곳은 '티베트의 스위스'라 불릴 만큼 평화롭다.
사람들은 손님을 맞이할 때 먼저 향을 피워 마음을 맑히고, 이윽고 차를 내어 평화를 기원한다.
그들은 이렇게 말한다.

"말은 나중에, 차가 먼저 온다."

차는 환대의 상징이자 '당신을 받아들입니다'라는 무언의 선언이었다.
그 따뜻한 온기 속에서 마음의 문이 열리고, 영혼이 닿았다.

차마고도의 길 위에서 차는 오랫동안 무역의 중심이었지만 리장과 루랑의 사람들에게 차는 결코 거래의 음료가 아니었다. 그들에게 차는 관계를 여는 의식, 서로의 마음을 나누는 예술이었다.

루랑에서는 손님을 맞이할 때 따뜻한 차나 보리술창, Chang을 내어 권한다. 그것은 단순한 대접이 아니라 "삶의 기쁨과 고단함을 함께 나누겠다"는 환대의 마음이었다.

한 잔의 차는 곧 신뢰의 시작, 한 모금의 향은 관계의 언어였다.
그 잔이 오가는 순간 사람은 언어보다 깊은 교감을 배운다.

삶은 결국 함께 마시는 것. 티베트에서 차를 나눈다는 것은 단지 갈증을 해소하는 일이 아니라 존재와 존재가 만나는 순간이었다.

차는 몸을 데우고 마음을 여는 문이며, 향은 침묵 속의 인사였다.
그 길 위에서 사람들은 깨달았다 삶은 결국 함께 마시는 것임을.
차는 거래의 음료가 아니라 공감의 언어였다.

차는 기다림의 예술,
시간을 데우는 마음이다.

끓고 식는 동안
우리는 서로의 온도를 배운다.

함께 마신다는 것

눈 덮인 산맥을 넘어
바람이 따뜻한 증기로 바뀌는 순간
인간은 다시 서로를 기억했다.

말없이 건넨 찻잔 하나,
그 안엔 차가 아니라 마음이 있었다.

삶은 결국
함께 마시는 시간이었다.

나는 지금 누구와 마음을 나누고 있는가?
내 삶에도 말보다 먼저 다가온 따뜻함이
있었는가?
침묵 속에서 진심이 전해졌던순간을
기억하는가?

말보다 더 많은 것을
나누는 고요

"가장 깊은 말은
말이 아닌 시간 속에 있었다.
차 한 잔의 고요는
그 자체로 완전한 문장이었다."

라싸 바코르 광장의 오후,
조용한 미소

우리는 흔히 대화가 관계를 맺는 유일한 수단이라 믿는다.

그러나 세상에는 말보다 더 많은 것을 나누는 고요가 있다.

그 침묵 속에서 관계는 더 깊어지고, 영혼은 투명하게 서로를 마주한다.

가끔은, 아무 말이 없을수록 더 많은 것이 전해진다.

말의 시간에는 해석이 필요하지만 침묵의 시간에는 존재를 직접 만난다.

늦은 오후, 티베트의 수도 라싸拉薩.

조캉사원 앞 바코르 광장의 전통 찻집, '보차관'藏茶館의 돌담 아래에 앉아 있었다.

밖은 오체투지의 리듬으로 가득했지만 찻집 안은 마치 다른 세계처럼 고요했다.

순례자, 상인, 승려, 여행자가 한자리에 앉아 있었지만 아무도 길게 말하지 않았다.

그들은 그저 찻잔을 들어 서로의 존재를 바라볼 뿐이었다.

버터향이 도는 수유차酥油茶의 묵직한 향이 퍼질 때 언어는 더 이상 필요 없었다.

차를 마시는 속도, 미소의 깊이, 눈빛의 여운이 모든 대화를 대신했다.

그날 나는 알았다. 침묵이야말로 공감의 첫 언어임을.

바코르의 보차관은 단순한 찻집이 아니다.

이곳에서는 차가 곧 기도의 음률이 된다.

광장에서 들려오는 독경의 음성과 순례자들의 엎드림,

그리고 찻잔 위로 피어오르는 하얀 증기가 한 호흡으로 이어진다.

차를 마시는 행위는 세속으로부터 한 발 물러서

내면을 향해 귀 기울이는 명상이며, 조용한 미소는 언어를 넘어서는

가장 따뜻한 기도의 표현이었다.

그 순간, 나는 알았다. 고요는 말보다 깊고, 침묵은 언어보다 넓다.

차는 침묵을 통해 가르쳤고, 침묵은 내게 존재를 듣는 법을 가르쳤다.

"담담히 우러난 찻물은 마음의 파문을 잠재운다."

말이 멈추자
진심이 들리기 시작했다.
고요는 말의 끝이 아니라
마음의 시작이었다.

말 없이도 전해지는 것들

그날 우리는 말하지 않았다.
그저 찻잔을 사이에 두고
공감을 함께 마셨다.

차는 향으로 말을 했고,
마음은 침묵으로 대답했다.

그렇게 우리의 영혼은
차보다 더 따뜻해졌다.

나는 언제 말보다 침묵이 더 큰 위로가 되었는가?
내 안의 고요는 지금 어떤 목소리를 품고 있는가?
누군가의 마음을 듣기 위해 나는 얼마나 조용해질 수 있는가?

피곤한 이방인에게 건넨 잔 하나의 따뜻함

"한 잔의 술은,
때로 눈물보다 따뜻하다.
그것은 말하지 않아도
마음이 닿는 방식이다.
낯선 이방인도 그 잔 앞에서는
잠시 귀향한 사람이 된다."

또 다른 환대,
고원 산장에서

길 위의 피로가 깊어갈 무렵, 해는 느리게 기울고 산그늘이 들이쳤다.
숲길 같은 오솔길을 지나 세월의 향기를 품은 오래된 산장 문을 열었다.
그곳은 1865년, 첫 포도가 발효를 시작한 이래 시간이 붉은 강으로 흐르고 있는 자리였다.

참나무 배럴 속에 잠든 와인은 사계절의 햇살과 바람을 기억하고 있었다.
한 알의 포도는 껍질에 빛을 품고 씨앗 속에 땅의 언어를 숨긴 채 자연이야말로 가장 위대한 양조가임을 증언하고 있었다.
"먼 길 오셨지요."
말은 없었지만 그 잔이 먼저 그렇게 말했다.

티베트의 차가 침묵 속에서 공감의 진동을 피워낸다면 이곳의 술은 침묵 속의 음악이 되어 다시 인간의 언어가 된다.
말하지 않아도 눈빛이 잔에 담기고 잔을 채울수록 마음의 틈이 메워졌다.
한 모금, 또 한 모금.
그날 밤의 포도주는 단순한 음료가 아니었다.
그것은 "당신을 받아들입니다."라는 조용하고도 아름다운 선언이었다.

벽에는 한 문장이 새겨져 있었다.

"대자연은 최고의 양조가다."

나는 잔을 들고 고개를 숙였다. 한 모금의 와인이 목을 타고 흐를 때 그것은 단순한 술이 아니었다. 흙과 햇빛, 비와 바람, 그리고 사람의 기다림이 빚은 시詩였다.

그 잔 하나가 타지의 이방인을 잠시 '사람'으로 되돌려놓았다.

그날 밤, 술은 인간의 언어보다 먼저 마음을 녹였고 우리는 말 없는 귀향의 순간을 함께 마셨다. 그 밤은 오래 남았다. 몸이 아니라 영혼이 머물렀던 밤이었다.

그 잔 하나가 문화가 시작되는 자리였음을 고원의 산장에서 비로소 깨달았다. 술은 또 다른 형태의 '정서적 소통'이었고, 환대는 말보다 앞서는 '행위의 언어'였다. 진정한 교류는 때로 잔 하나에서 시작된다.

"익는다는 것은 천천히 자신을 나누는 일이다."

포도주의 노래는
술에 취하는 노래가 아니라
사람에게 물드는 노래였다.

그날,
삶은 포도주처럼
천천히 익어가고 있었다.

포도주의 노래

햇살이 흙에 스며
시간의 색으로 익을 때
인간은 기다림을 배웠다.

한 잔의 와인 속엔
비의 기억, 바람의 숨결,
사람의 온기가 있었다.

그 잔을 건넬 때
우리는 말보다 오래 남는
환대의 언어를 나누었다.

오늘, 나는 누구에게 '따뜻한 잔 하나'를 건넬 수 있는가?
나의 삶은 지금 어떤 속도로 익어가고 있는가?
말보다 먼저 닿는 나의 마음의 언어는 무엇인가?

미래는
아이들의 눈빛 속에서
태어난다

린즈林芝와 루랑魯朗

린즈林芝

'티베트의 강남'이라 불리는 해발 3,000m의 온화한 도시. 전통과 현대가 공존하며 차마고도의 관문 역할을 한다.

루랑魯朗

린즈 인근의 평화로운 고원 마을로, 차와 향, 환대의 문화가 살아 있는 '티베트의 스위스'.

드랑첸Dranyen

티베트의 전통 현악기로, 민요와 신앙, 설화를 통해 인간의 이야기를 노래하며 오늘날에도 어린 세대의 문화 교육을 통해 활발히 전승되고 있다.

"길의 끝은 사라지는 과거가 아니라
다시 시작하는 미래다.
천 년의 먼지는 아이들의 눈빛 속에서
별이 되어 반짝인다."

천년의 길을 이어갈
목소리

차마고도茶馬古道. 천년의 세월 동안 차와 말, 그리고 사람이 오가던 길. 그 길의 미래는 어디에서 이어질까?

그 답은 티베트 동부의 린즈林芝, 루랑魯朗을 품은 푸른 고원의 도시에서 찾을 수 있다. 이곳에서 새로운 세대가 고원의 바람을 맞으며 자라고 있다.

린즈는 차마고도의 숨결이 아직 살아 있는 곳이다. 아이들은 고원의 바람 속에서 자라며 학교에서 노래와 춤, 전통 악기 드랑첸提琴·Dranyen을 배운다. 티베트의 현악기인 드랑첸의 여섯 줄이 아이들의 손끝에서 울릴 때 그 선율은 고원의 바람처럼 투명하고 단단하다.

선생님들은 아이들에게 옛 마방馬幫의 이야기를 들려준다.
"차茶가 없으면 병들고, 소금鹽이 없으면 맥이 빠진다."
그 말은 오래된 길을 걸었던 사람들의 지혜였다.

아이들은 그 말을 노래로 배우고 웃음으로 이어간다. 그들의 노래 속에는 조상의 발자국과 사람을 이어주던 마음이 흐른다. 그래서 린즈의 아이들은 단순한 학생이 아니라 '길의 정신'을 이어가는 작은 계승자들이다.

아이들의 노래는 시간을 깨우고
길을 다시 걷게 한다.

차마고도는 과거의 유산이 아니라
미래를 노래하는 이들의 가슴에서 다시 태어난다.

그들이 자라서 웃고, 노래하고, 배우는 한 차마고도의 길은 결코 사라지지 않을 것이다.

그러므로 차마고도의 길은 사람의 길이었다.
리장의 시장에서, 보미의 차방에서, 라싸의 광장에서
우리는 서로의 눈빛 속에서 인간의 원형을 보았다.

나는 아이들에게 어떤 미래의 길을 남기고 있는가?
고요한 웃음 속 생명의 메시지를 들은 적이 있는가?
길을 잇는다는 것은 무엇을, 그리고 누구를 사랑하는 일인가?

길의 아이들

고원의 바람이 스치면
작은 발자국이 노래가 된다.

아이들의 눈빛 속에서
천년의 길이 다시 피어나고

그 숨결이 멈추지 않는 한
차마고도의 심장은
늘 어린 날의 노래로 뛴다.

리장에서 라싸까지,
삶을 재정의하는 순례길

"차마고도는 오래된 길이 아니라
지금 내가 살아야 할 길이었다.
과거의 먼지 위에
현재의 발자국이 새겨지고 있었다."

과거와 현재가 교차하는
'지금 여기'

"길은 과거의 유산이 아니라

지금 내가 살아야 할 삶의 방향이다."

길 위를 걷는 동안, 수많은 풍경과 마음의 장면들이 내 안을 스쳐갔다.

돌부리에 걸려 아팠던 순간도, 고요한 초원에서 숨을 고르던 시간도 모두 길의 일부였다.

한 상인이 말했다.

"이 길은 예전엔 소금을 나르던 길이었지만 이제는 사람의 진심을 나누는 길이오."

그 말은 오래도록 내 안에 남았다. 차마고도는 단순한 교역로가 아니었다.

물질과 영성, 생존과 신념이 교차하는 인간의 거대한 여정이었다.

그리고 오늘, 그 길은 여전히 '삶을 재정의하는 순례'로 이어지고 있다.

차마고도의 여정에는 두 개의 상징적 지점이 있다.

첫째는 리장麗江 – 상업과 예술이 꽃피운 도시.

돌길 사이로 흐르는 수로, 세월이 깃든 목조건물, 시장 골목의 활력은 인간 문명의 손끝에서 태어난 예술이었다.

둘째는 라싸拉薩 – 신앙의 수도, 영성의 심장.
포탈라궁이 하늘에 닿고, 조캉사원의 돌바닥에는 수많은 순례자의 이마 자국이 새겨져 있다. 마니차轉經輪를 돌리는 손끝마다 천년의 기도와 인간의 염원이 깃들어 있다.

리장이 '인간의 성취'를 말한다면 라싸는 '인간의 구도'를 상징한다.
그 두 길이 만나는 자리에서 나는 깨달았다.
문명과 영성의 균형 – 그것이야말로 인간이 걸어야 할 가장 깊은
길이었다.

오늘의 차마고도는 더 이상 과거의 유물이 아니다.
전통과 현대가 공존하며 삶의 방향을 묻는 거대한 거울이다.
우리는 리장의 풍요를 원하면서도 라싸의 고요를 잃지 않으려 한다.
효율과 가치, 속도와 깊이 사이에서 흔들리는 지금 인간은 다시 묻
는다.

"나는 어디로 가고 있는가?"

돌 위엔 과거가 앉고,
흙 위엔 오늘이 숨 쉰다.

지도에 없는 길을 따라
나는 지금 여기를 걷는다.

이 순간
내가 선 자리,
그것이 곧 오늘의 차마고도였다.

길의 흔적 속에서 '지금'을 산다는 것은 그 균형을 찾아가는 일이다.

차마고도는 과거의 전설이 아니라 '지금 여기'를 살아내는 인간의 정신적 여정이다.

길은 과거에서 오지 않는다.

길은 언제나 지금 우리가 선택하는 한 걸음에서 시작된다.

막다른 데 이르면 변하고, 변하면 길이 열린다.

-궁즉변, 변즉통 窮則變, 變則通

여행길의 바람은 아무 말도 하지 않는다. 다만 수없이 나부끼는 기도의 깃발이 속삭일 뿐이다. "넘어가라. 그러면 길이 너를 바꿀 것이다."

그 속삭임에 이끌려 한 걸음 내딛는다.

고개 너머의 세상은 아직 보이지 않지만 마음은 이미 새로운 설렘으로 열린다.

길은 언제나 묻는다.

"지금의 너는 멈출 것인가, 아니면 변화를 통해 다시 통할 것인가?"

그 물음에 답하듯 나는 또다시 길 위에 선다.

나는 지금 어떤 길 위에서 나를 다시 정의하고 있는가?
문명과 영성 사이에서 내가 잃지 말아야 할 중심은 무엇인가?
'지금 여기'를 사는 나의 여정은 어떤 발자국으로 남을 것인가?

지금, 길 위에서

리장의 불빛은 문명의 기억,
라싸의 새벽은 영혼의 숨결.

그 사이를 걸으며
나는 과거를 놓고 지금을 얻었다.

그리고 알았다 -
내가 서 있는 이 자리,
이미 길이었다.

여정의 끝에서
우리는 깨닫는다

"여정의 끝에 도달했을 때
나는 누군가의 길을
걷고 있었던 것이 아니라
내가 곧 길이었다는 사실을
알게 되었다."

차마고도의 끝,
내면으로의 귀향

길 위에는 수많은 발자국이 겹쳐 있었다.

나는 그중 하나를 따라 걷다가 끝이라 불리는 곳에 다다랐다.

우리는 늘 무언가를 찾아 길을 떠난다.

새로운 풍경, 낯선 사람들, 그리고 잃어버린 나 자신을 찾기 위해.

그러나 차마고도의 끝에서 나는 알게 되었다.

이 여정의 진짜 목적지는 '세상 어딘가'가 아니라 '내 안'이었다는 것을.

길 위에서 만난 모든 사람은 나의 거울이었다.

그들의 눈빛과 침묵, 손끝의 온기 속에서 나는 나를 비추어 보았다.

그들의 삶의 무게는 내 그림자를 밝혀주는 등불이 되었다.

존재란 걸어온 길 위의 시간과 관계의 총합이다.

"길의 끝에서 나는 나를 만났다."

차마고도의 마지막 고개를 넘을 때 비로소 깨닫게 된다. 진정한 도착은 어딘가 밖에 있는 곳이 아니라 내 안으로 돌아오는 일이라는 것을.

세상의 모든 길을 돌고 돌아 결국 멈춰 선 한 자리, 그곳의 이름은 '나'였다.

지나온 풍경과 만남, 이별의 순간들이 하나로 이어져 나라는 전체를 이루고 있었다.

길은 밖으로 뻗어 있었지만 그 의미는 안으로 깊어졌다.

모든 만남은 결국 나를 다시 발견하기 위한 여정이었다.

그리고 길의 끝에서 나는 알았다.

길은 나를 이끌어온 것이 아니라 나를 만들어오고 있었다는 것을.

차마고도의 끝은 세상을 향한 길이 아니라 자기 자신에게로 돌아가는 귀향의 길이었다. 모든 길의 마지막에 우리가 만나는 것은 '세계'가 아니라 '나' ─ 그것이 차마고도가 우리에게 남긴 가장 깊은 인간적 진리다.

삶과 죽음, 그리고 존재의 경계에서
–『사자의 서』의 깨달음

"죽음은 사라짐이 아니라

또 다른 여행의 시작이었다.

그녀의 눈동자에는 두 세계가 겹쳐 있었다."

<서사>

샹그릴라의 저녁,

햇살이 서쪽으로 스러지는 골목 끝에서

나는 한 여인을 만났다.

그녀는 바람에 닳은 티베트의 옷을 입고,

손에는 오래된 염주를 쥐고 있었다.

그 걸음은 느리고, 숨결은 바람과 닮아 있었다.

그 고즈넉한 리듬 속에서

나는 '살아 있음'과 '사라짐'이

하나의 평화로 이어져 있음을 보았다.

길의 끝은 또 다른 시작이었다.
나는 잃어야만
비로소 나를 찾을 수 있었다.

고요한 바람 속에서
들려온 한마디
"너는 이미
너 자신의 길을 걷고 있다."

"죽음은 두려움이 아니에요."
그녀는 조용히 미소 지으며 말했다.
"그건 다음 생으로 가기 위한 준비예요.
그래서 우리는 매일 조금씩 놓아주는 법을 연습하죠."

그녀의 말은 차처럼 따뜻했지만
그 여운은 설산의 공기처럼 맑았다.
그 미소에는 삶을 다 살고도
여전히 누군가를 위해 기도하는 사람의 빛이 있었다.

그날 밤, 숙소의 등불 아래서
나는 『티베트 사자의 서』를 펼쳤다.
죽은 이를 위한 경전이라 했지만
읽는 순간 알았다.
그것은 살아 있는 자를 위한 책이었다.

"죽음을 아는 자만이
진정으로 삶을 사랑할 수 있다."

그 문장은
그녀의 눈빛과 겹쳐 내 안에서 울렸다.
그 평온한 얼굴은
삶과 죽음,

유한과 무한의 경계를 잇는 다리 같았다.

그 순간, 나는 문득 깨달았다.
'그녀가 곧 나였다.'

나는 여행자였으나,
그녀는 순례자였다.
나는 길을 걸었으나,
그녀는 존재를 건너고 있었다.

그녀의 미소는
생의 끝에서 피어난 새벽이었다.
그리고 나는 알았다.
죽음을 두려워하지 않는 자만이
진정으로 지금을 살아낼 수 있다는 것을.

내 삶에서 무엇을 잃었고, 다시 무엇을 되찾고 있는가?
나의 길은 어떤 시간과 사람들의 흔적으로 이루어져 있는가?
'나로 사는 길'을 위해 나는 지금 무엇을 멈추고 무엇을 시작해야 하는가?

나로 사는 길

바람이 묻는다.
"너는 누구의 길을 걷고 있는가?"

나는 잠시 멈추었다.
그때 내 그림자가
나보다 먼저 걷고 있었다.

수많은 길을 지나
마침내 도착한 곳 -
그곳이 바로 나였다.

존재의 귀향 – 빛으로 돌아가는 길

차마고도의 여정은 타인을 넘어 '나'로,
'나'를 넘어 '빛'으로 향한 순례였다.
사라짐은 끝이 아니었다.
그것은 또 다른 시작,
새로운 존재의 탄생이었다.

길은 언제나 사람의 길이었다.
풍경이 사라지고 침묵만 남았을 때
그 침묵이 바로 나였다.
길은 내 안을 지나며 나를 비추었고,
하늘은 잠시 내 안에 머물렀다.

그 순간, 나는 알았다.
삶은 떠나는 일이 아니라 돌아가는 일이었다.

이제 사람을 만나는 모든 순간마다
나는 나 자신과 다시 만난다.
그 만남의 끝에서 길은 다시 시작된다
나에게서 너로, 너에게서 세상을 비추는 빛으로.

曼灑
基正山 撒

제4부

시간을 걷는 자,
문명의 숨결을 듣다

역사와 그 흔적,
문명의 숨결을 따라 걷는
내면의 여정

"차마고도는 교역로 그 이상의 길이었다."

차마고도에서 문명은 생명을 건네고,
존재는 흔적을 남겼다.

그 길 위에서 시간은 숨 쉬었고,
인간의 영혼은 이야기를 남겼다.

이 길은 바람과 돌, 사람과 기도의 언어로 쓰인
하나의 살아 있는 문명사였다.

말발굽의 울림은 교역의 소리가 아니라
존재가 서로를 건네던 생명의 대화였다.
〈시간을 걷는 자, 문명의 숨결을 듣다〉
제4부는 차마고도를 '시간의 강'으로 바라본다.
돌의 기억과 바람의 노래, 교류와 문양 속에서
우리는 인류의 숨결과 염원을 듣는다.
이 여정은 '역사와 문화,
현대와 존재의 성찰'로 이어지며,
결국 길의 끝에서 '나'라는 존재로 귀향하는
순환의 완성으로 닿는다.

모든 길의 끝에서 인간은 다시 자기 자신으로 돌아온다.

나에게서 너로,
너에게서 다시 빛으로
그렇게 길은 이어졌다.

하늘의 숨결은 돌고,
땅의 시간은 피처럼 흐른다.
모든 존재는 서로의 빛이 되어
세상을 다시 데운다.

사라짐은 소멸이 아니었다.
모든 만남은 다시 태어나는 일.
빛은 떠나는 자의 뒷모습을 비추고,
그 빛을 따라 또 다른 길이 시작된다.

차마고도의 끝,
그곳에서 나는 알았다.
끝은 없었다.
단지 빛으로 이어지는
또 하나의 시작만이 있었다.

빛은 다시 길이 된다

"길은 사라지지 않는다.
그것은 다시 사람 속에서
새로운 문명으로 숨 쉬고 있었다."

말발굽 아래 겹겹이 쌓인 시간의 층위를 따라 걷다

시간의 퇴적을 품은 고원의 길

윈난 북부에서 티베트로 향하는 디칭迪慶의 고원 길, 해발 3,000m를 넘나드는 광활한 대지 위에서 인간은 자연을 걷는 존재가 아니라 시간을 통과하는 존재가 된다.

붉은 흙赤土과 석회층이 교차한 땅, 수백 년의 바람과 발굽이 닳아 만든 돌길엔 석화된 말발굽 자국이 남아 있다. 이 길은 단순한 통로가 아니라 시간과 인간이 새긴 돌의 언어다.

"돌은 침묵하지만
그 속엔 천년의 숨결이 살아 있다."
균열은 시간의 문장이었고,
그 돌을 딛는 순간 나는 역사를 통과하고 있었다.

물리적 흔적과
시간의 퇴적물이 들려주는 기억

길의 첫 장은 흙이 아니라 돌 위에 쓰였다.
그 돌의 균열과 마모에는 인간이 걸어온 세월이 새겨져 있었다.
바람과 말발굽이 써 내려간 천년의 연대기였다.

발자국은 사라져도 돌은 남고, 돌 위의 시간은 멈추지 않는다.
무너진 제국의 침묵 속에서도 이름 없는 이들의 땀과 숨결은 여전히 돌 속에 살아 있었다. 해발 3,000m의 고원. 바람은 시간을 거슬러 불고, 붉은 흙 사이의 돌들은 마치 생명의 뼈처럼 말라 있었다. 그 위로 수많은 말발굽 자국이 겹겹이 쌓여 시간의 지층을 이루고 있었다.

그 길을 걷는다는 건 단순한 이동이 아니라 시간의 깊이를 통과하는 일이었다. 발아래엔 말발굽의 흔적, 쇠바퀴의 자국, 그리고 이름 모를 마방들의 기도가 새겨져 있었다.

돌은 침묵의 기록자였다.
누구의 이름도 남지 않았지만 그 안에는 생존의 고단함과 사랑, 기도와 이별의 무게가 고요히 각인되어 있었다. 노을이 비치면 돌은 붉게 타오르고, 밤이 내리면 검게 식었다. 그 색의 변화는 문명의 체온이었다.

돌 하나를 들어 올렸다. 표면의 균열 사이로 바람에 닳은 불경의 글자가 희미하게 남아 있었다. 이제는 읽히지 않는 문장이었지만 그 형태만으로도 누군가의 염원과 생존이 느껴졌다.

그 돌을 쥐자 마치 오래전 누군가의 손이 내 손을 감싸는 듯했다. 그 순간 나는 깨달았다. 길은 '돌에 새겨진 인간의 기억'이었다.

붉은 노을이 저물고 바람이 멎자 돌들이 비로소 말을 하기 시작했다. 아무 말이 없었지만 그 침묵이야말로 천년의 언어였다.

돌은 세월을 기억하는 문장,
그 위를 걷는 인간은 문명을 읽는 독자다.

한 줌의 돌 속에서도
따뜻한 시간의 숨결이 느껴진다.
기록이 아닌 살아 있는 시간의 온기.

나는 지금 어떤 '시간의 돌' 위를 걷고 있는가?
내 삶의 발자국은 어떤 흔적으로 남을 것인가?
침묵 속에서 들려오는 역사의 목소리를 나는 듣고 있는가?

시간의 돌

바람은 돌의 언어를 읽는다 -
한 글자씩, 천년의 속도로.

누군가의 숨이 닿은 자리에
내 발이 닿는 순간
시간은 다시 흐르기 시작한다.

돌은 침묵하지만
그 속엔 세상의 모든 소리가 있다.

29장. 문명의 발자국
- 실크로드와 차마고도의 교차점

천 년의 고요,
신라 혜초대사의
깨달음의 길 위에서

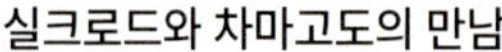

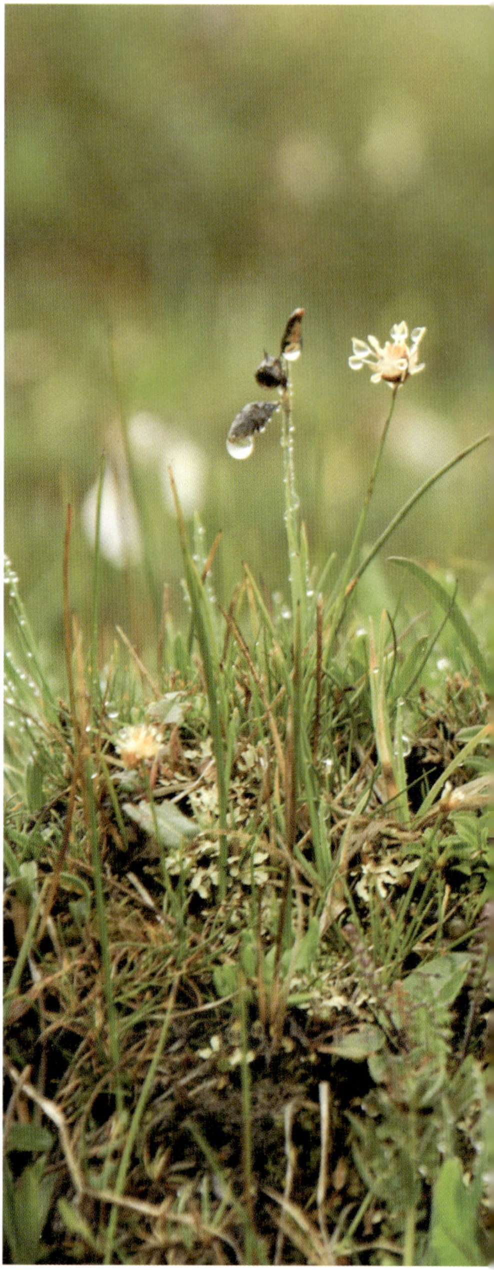

실크로드와 차마고도의 만남

중국 서남 윈난성과 서북 간쑤甘肅·신장新疆을 잇는 고대 교역의 접점. 남쪽의 차茶가 북으로 오르고, 북쪽의 말과 소금이 남하하던 문명의 길이었다.

실크로드가 서역과 지중해를 잇는 서방의 길이라면 차마고도는 히말라야와 한반도를 연결한 동방의 길이었다. 당나라 시대에는 장안을 중심으로 불교의 확산과 함께 인도·중국·한국·티베트가 하나의 정신 네트워크로 이어졌다.

실크로드가 '거래의 문명'이었다면 차마고도는 '관계의 문명'이었다. 그 길은 물질이 아닌 마음의 이동, 교환이 아닌 공존의 여정이었다.

"길은 문명을 낳고, 문명은 다시 길을 낳는다."
길은 나뉜 적이 없었다.
사막의 모래와 고원의 바람이 서로 다른 문명을 이어주고 있었다.

시간 위에 선 문명,
시간 위에 피어난 교류와 생명의 이야기

차마고도와 실크로드.

두 길은 지리적으로 멀리 떨어져 있었지만 그 사이에는 하나의 숨결이 흐르고 있었다. 그것은 바람이었다. 사막의 모래를 넘어, 고원의 돌길을 넘어 그 바람은 문명과 문명을 잇는 보이지 않는 다리였다.

실크로드絲綢之路는 서역의 사막을 가로질러 비단과 향료, 유리, 철학, 종교를 나르던 길이었다.

차마고도茶馬古道는 험준한 산맥의 골짜기를 따라 차와 말, 소금, 그리고 인간의 신념을 실어 나르던 길이었다.

하나는 모래의 길실크로드, 다른 하나는 산맥의 길차마고도이었지만 두 길은 거대한 아시아 문명 속에서 한 호흡처럼 이어져 있었다. 그 교차점에서 동과 서는 만났다. 차는 향기로, 불경은 언어로, 사유는 빛으로 서로를 건넜다.

사막의 낙타 행렬은 고원의 마방으로 이어지고, 사원의 불경은 차 상인의 손을 거쳐 이동했다. 그때의 길은 이미 인류가 만든 가장 위대한 보이지 않는 다리였다.

그 길을 걸은 순례자들이 있었다. 그중 한 사람, 신라의 혜초대사는 인류의 교류를 상징하는 빛나는 이름이었다. 8세기 초, 그는 당나라 장안長安에서 출발해 인도와 중앙아시아를 지나 불법의 근원을 찾아 나섰다. 그가 남긴 『왕오천축국전往五天竺國傳』은 단순한 여행기가 아니라 '인간 정신의 실크로드'를 기록한 책이었다.

혜초는 낙타의 행렬 속에서 종교와 문명이 서로 스며드는 장면을 보았다. 사막의 불교, 오아시스의 힌두교, 초원의 샤머니즘이 한 풍경 안에서 어우러지고 있었다.
그는 깨달았다. 길은 물건을 옮기는 통로가 아니라 '사유와 생명이 오가는 길'이었다.

낙타가 짊어진 것은 짐이 아니라 '문명', 바람이 옮긴 것은 모래가 아니라 '정신'이었다. 문명의 발자국은 사라져도 그 바람은 여전히 불고 있었다. 사막의 바람결 속에서, 고원의 향로 연기 속에서 그 길의 숨결은 지금도 살아 있다.

모래의 흔적은 사라져도
바람은 여전히 같은 방향으로 분다.

길은 변해도 인간의 염원은 이어진다.
그 모든 이동은 교역이 아닌 존재의 대화였다.

문명의 바람

모래는 잊지만
바람은 기억한다.

낙타의 울음과
사람의 노래,
불경의 한 구절이
같은 바람에 실려 흘러간다.

길은 나뉜 적이 없다.
문명은 언제나
하나의 숨결로 이어져 있었다.

나는 지금 어떤 문명의 바람 속을 걷고 있는가?
내 발자국은 사라질지라도 그 뒤에 남을 바람의 흔적은 무엇인가?
인간의 교류란 결국 서로의 마음이 오가는 보이지 않는 길이 아닐까?

30장. 서안西安 옛 성벽에서

사라진 제국의 침묵 속에서 피어난 인간의 예술적 생명

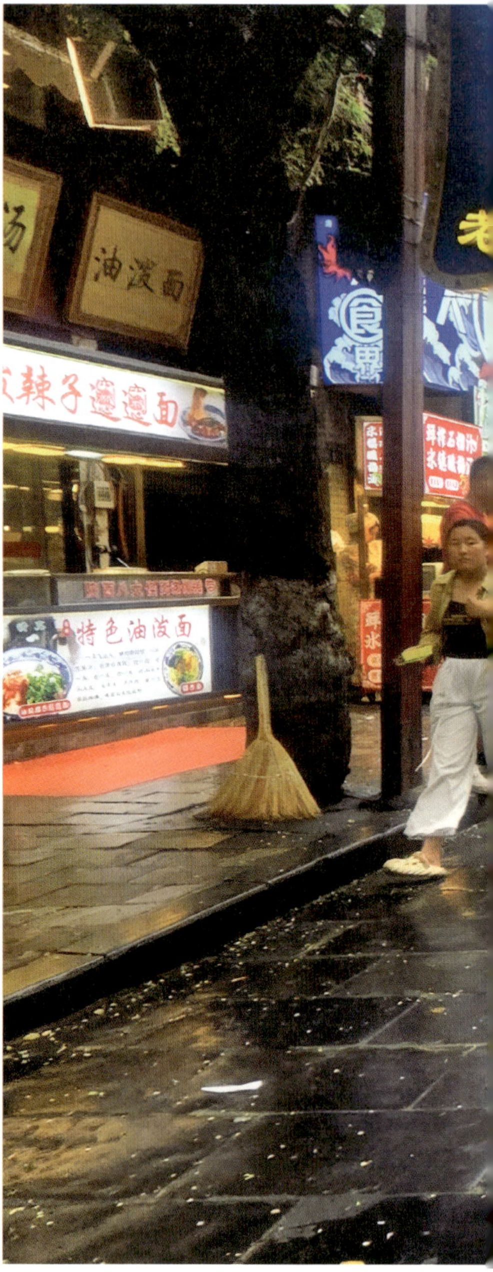

시간의 벽, 삶의 도시

중국 산시성陝西省의 중심이자 당나라 수도 장안長安으로 번성했던 실크로드의 동쪽 관문. 명대明代에 재건된 서안 성벽은 제국의 흥망과 도시의 생명을 간직한 '돌의 역사서'다.

이곳의 회족 거리와 십삼조拾參潮는 사라진 제국과 살아 있는 인간이 만나는 자리 - 과거와 현재가 공존하는 도시의 심장이다.

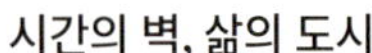

저녁빛이 성벽 위에 스며들 때 나는 느꼈다.
역사는 무너졌지만 삶은 여전히 이어지고 있음을.

제국은 사라져도,
노래는 남는다

삼천 년의 바람이 성벽 위를 스쳐간다.
왕조가 지고 또 일어날 때마다 돌과 벽돌마다 시간은 얼굴을 새겨 넣었다.

장안이라 불리던 시절, 황제의 행렬이 지나던 길 위에 이제는 자전거가
달리고 웃음이 흐른다. 돌의 무게는 같지만 그 위를 걷는 발자국은 시대
마다 다르다.

옛 복장의 배우가 포즈를 잡고, 젊은 연인이 사진을 남긴다.
역사와 오늘이 한 장의 풍경 속에 섞여 있었다.

성벽 위에 서면 바람은 아직도 오래된 왕조의 이름을 부른다.
성문 아래로 저녁 바람이 흐르고, 당의 붉은 먼지, 명의 푸른 기와, 그리
고 오늘의 햇살이 겹겹이 쌓여 하나의 시간, 하나의 이름이 된다.
돌 틈의 이끼와 균열 속에서 나는 인간의 세월을 본다.
권력은 사라졌지만 삶의 숨결은 여전히 따뜻했다.

서안의 성벽은 붉은 벽돌로 쌓인 거대한 시간의 벽이었다.
한때 제국의 심장이었으나 이제는 저녁 바람 속에서 넉넉한 숨을 쉰다.

벽돌마다 전쟁의 그림자, 황제의 꿈, 그리고 이름 없는 장인들의 손길이
남아 있다.

'서안'西安
서쪽의 평안을 기원하던 도시. 그 기원은 지금도 돌 틈 사이에서 조용히,
그러나 끈질기게 숨 쉬고 있다.

성벽 아래 회족 거리의 저녁은 뜨거웠다.
기름 냄새와 빵 굽는 연기, 아이들의 웃음이 뒤섞이며 폐허 위의 일상이
다시 피어났다.

사람들은 불빛을 밝히고 저녁을 나누며 안부를 물었다.
역사는 돌 위에서 사라졌지만 삶은 불빛 아래에서 다시 태어났다.

향신료와 숨결이 뒤섞인 골목, 불꽃은 황허의 바람처럼 춤추고, 참깨와
고수의 향은 비단길을 따라온 상인의 손끝을 닮았다. 아랍어 기도문이
한자의 물결 속으로 스며들고, 돔 지붕 위의 초승달은 이슬람의 신앙과
한漢나라의 역사 사이에서 조용히 미소 짓는다.

문화는 섞였고, 삶은 이어졌다. 낯선 향기 속에서 내가 본 것은 '살고자
하는 기도'와 '나누고자 하는 미소'였다. 문명은 달랐으나 마음은 하나
였다.

성벽은 제국의 흔적이 아니라
삶이 다시 피어나는 무대였다.

돌은 기억을 품고
인간은 그 위에
새로운 시간을 쌓아 올렸다.

시詩와 미味가 만나는 자리,
십삼조拾參潮

나는 십삼조의 식탁에 앉았다. 천년의 향신료가 스민 요리는 시간이 빚은 예술이었다. 그 맛 속에는 제국의 유산보다 오래된 인간의 감각, '살아 있음'의 증거가 있었다.

'십삼'은 열세 왕조의 수도였던 서안의 시간, '조'潮는 새로 밀려드는 맛의 물결이었다.
불빛은 시의 구절처럼 흘렀고, 홍유의 붉은 빛은 혀끝에서 한 편의 시로 피어났다.

홍등이 빛나는 장안의 밤,

식당 입구엔 이태백의 시 「망여산폭포」가 걸려 있다.

飛流直下三千尺, 疑是銀河落九天비류직하삼천척, 의시은하낙구천

은하가 쏟아지는 듯한 그 시처럼 식당 안은 폭포를 형상화한 조명과 물결무늬의 공간으로 시와 미가 어우러져 있었다.

입안에서 춤추는 향신료와 불빛, 그 순간 나는 알았다.

이 한 그릇은 음식이 아니라 시간과 인간이 함께 빚은 시詩였다.

십삼조拾參潮의 식탁.

그곳에서 시와 미, 문화와 공간은 하나의 숨결로 이어져 있었다.

그것은 장안의 밤이 품은 가장 아름다운 대화였다.

《望廬山瀑布》
唐·李白
日照香爐生紫烟
遙看瀑布挂前川
飛流直下三千尺
疑是銀河落九天

한양릉의 고요

벽돌, 저녁, 풀잎. 무너진 문명 위에도 풀잎은 자랐다.
그것이 생명의 정의였다.

서안의 여섯 번째 황제, 한경제와 왕후가 함께 잠든 한양릉.
소박한 흙무덤 속에서 시간의 숨결은 아직도 이어지고 있었다.

흙으로 빚은 병사와 궁녀, 수레와 말들이 지금도 황제를 지키듯 서 있었다.
바람이 스치면 잊힌 궁전의 노래가 은은히 깨어났다.
천년의 세월이 흘러도 이곳에는 품격이 남아 있었다.
고요 속에서 꿈꾸는 황제의 이름처럼 시간은 여전히 숨을 쉬었다.

나는 지금 어떤 성벽의 시간 위에서 살아가고 있는가?
내 삶에서 무너진 것은 무엇이며, 그 위에 다시 자라나는 것은 무엇인가?
제국이 아닌 인간의 미美는 어디에서, 어떻게 살아남고 있는가?

성벽의 저녁

바람이 역사를 낭독하고,
사라진 제국의 이름 대신
저녁빛 속에 아이의 웃음이 번진다.

무너진 성벽 아래
풀잎 하나 흔들린다 —
그것이야말로
인간이 남긴
가장 오래된 시였다.

31장. 차의 기원, 존재의 순례

차의 고향 윈난雲南 고차수의 원형, 황실의 차 쓰촨성 몽정산

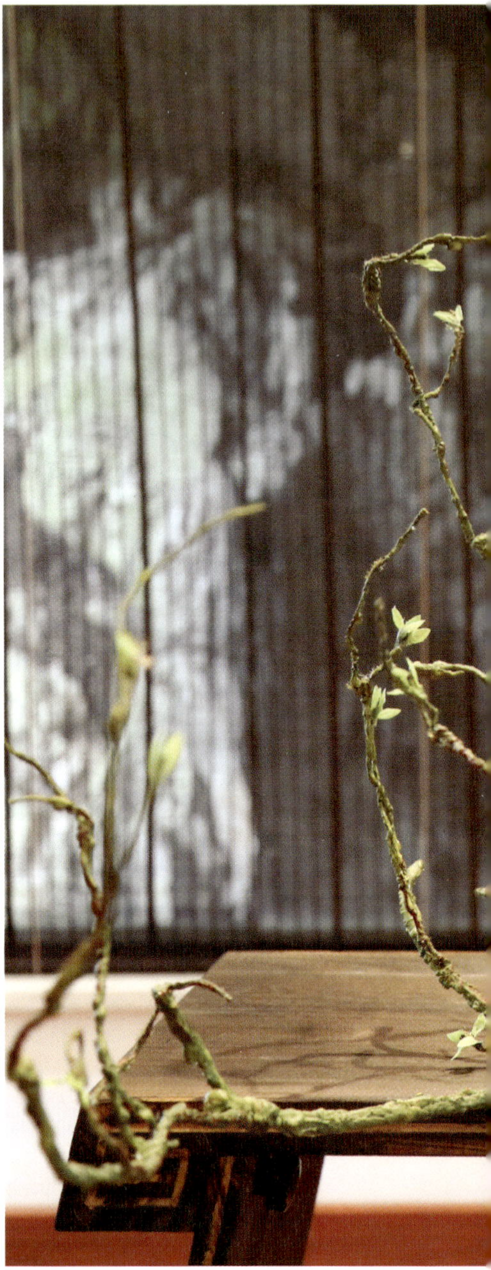

차의 기원, 황실의 차

윈난雲南 - 차의 고향

푸얼차普洱茶의 본고장으로, 수령 1,800년이 넘는 고차수가 자생한다. '푸얼'은 청대清代 차 교역 중심지의 이름에서 유래했다.

쓰촨四川 몽정산蒙頂山 - 황실의 차

약 2,000년 전 한대漢代 오리진吳理真이 처음 차를 재배한 곳으로, 이후 당·청대에 이르기까지 황실의 공차貢茶로 바쳐졌다. 오늘날에도 '황차원'皇茶園의 고차수가 중국 차 문화의 정신을 상징한다.

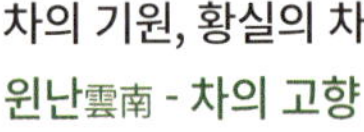

"차는 시간의 향기를 마시는 일이다."
한 잎의 차는 산에서 피어나
왕조를 건너 문명으로 흘렀다.

황실의 차에서 생명의 차로,
존재의 순례

차의 향기는 단순한 음료의 향이 아니었다.

그것은 자연과 인간이 나눈 가장 오래된 대화였다.

하나의 찻잎은 대지의 기억을 머금고, 그 향기는 곧 존재의 순례로 이어

졌다. 차는 물이 아니라 시간 그 자체였다.

차의 역사는 기원전으로 거슬러 올라간다.

처음 차는 약藥이었다 - 몸을 치유하고 정신을 맑게 하는 자연의 선물.

그러나 세월이 흐르며 차는 '존재를 깨우는 의식儀式'이 되었다.

차나무의 고향은 중국 윈난성과 미얀마 국경지대. 그중 시솽반나西雙版納

와 푸얼普洱, 보이 지역은 세계에서 가장 오래된 야생 차나무가 자라는 '차

의 원형原形'이 살아 있는 땅이다.

쓰촨성 몽정산蒙頂山은 당나라 시절부터 황실에 공차貢茶를 올리던 성지

였다. 청대에 이르러 윈난의 푸얼차가 황실에 헌상되며, 왕조의 권위와

차의 정신이 함께 상징화되었다.

두 산맥은 각각 권력의 차와 생명의 차, 인간 문명 속 두 개의 영혼을 대

변했다.

찻잎은 먼 곳에서 왔으나
그 향은 지금 이곳에 머문다.

시간을 우려낸 그 한 잔 속에서
인간은 자연의 언어로 다시 태어난다.

윈난의 산중, 천년 고차수古茶樹가 뿌리내린 자리에 서면 그 뿌리가 돌을 감싸고, 흙을 품으며, 수백 해의 비와 안개를 기억하고 있음을 느낀다. 그 잎 하나에 시간의 결이 새겨져 있다. 차는 단순히 물에 우려내는 잎이 아니라 산과 바람, 흙과 인간이 함께 써 내려간 존재의 기록이었다.

차는 황제의 잔에 오르기도 했고, 보따리에 싸여 차마고도를 따라 고원을 넘기도 했다. 황실의 차가 권력의 상징이었다면 차마고도의 차는 티베트 유목민에게 생존을 지탱하는 숨의 언어였다.

푸얼차普洱茶는 그 상징이었다. 긴 운송 과정에서 자연스럽게 후발효後發酵된 푸얼차는 시간이 만든 향, 기다림이 빚은 철학이었다. 그 한 잎에는 순환과 인내, 회복과 생명의 지혜가 담겨 있었다.

차는 인간의 역사를 따라 흘렀다. 왕의 손에서 수도승의 손으로, 무역의 길에서 명상의 길로. 결국 차의 향은 '깨달음의 언어'가 되었고, 한 잔의 차를 마시는 일은 자연과 하나 되는 조용한 예식이 되었다.

그날, 한 잔의 차를 마시며 나는 깨달았다.
차는 멀리서 온 나무의 기억이 아니라 지금 이 순간, 내 존재를 맑게 하는 시간의 형식이었다. 차는 단순한 교역품이 아니었다. 그것은 자연과 인간, 물질과 정신을 잇는 철학의 매개체였다.
한 잎의 차가 대륙을 건너며 '명상'과 '교류'의 문화를 피워냈듯 차마고도는 인간이 자연과 공존하며 존재의 깊이를 배우는 영적 순례의 길이었다.

차 한 잎의 길

시간은 발효되고,
향은 기억이 된다.

한 잔의 차 속에서
나는 내 존재를 마신다.

나는 지금 어떤 '존재의 잎'을 우려내며 살아가고 있는가?
차처럼 나는 오늘 얼마나 맑고 고요하게 존재하고 있는가?
기다림과 발효 속에서 피어나는 나만의 향은 무엇인가?

다례茶禮의 정신, 차는 존재의 깊이를 나누는 매개였다

차와 선禪의 길,
찻잔 속에 깃든 명상의 시간

끓는 물의 소리 속에서 인간은 자신을 비우는 법을 배웠다.
차와 선은 같은 근원을 가졌다. 고요 속에서 존재를 달이는 예술이었다.

찻물이 잔을 채울 때 그 안에는 시간의 의식이 피어난다.
차는 인간이 자연과 맺은 가장 섬세한 관계이자 존재를 비추는 투명한 거울이었다.
한 잔의 차를 우리는 일은 삶의 속도를 늦추고 내면의 숨결을 듣는 명상의 순간이었다.

찻물이 끓는 소리를 듣고, 찻잎이 피어나는 모습을 바라보며, 온도와 향, 색과 맛에 집중하는 동안 우리는 자신과 대화한다. 그 기다림 속에서 차는 익어가고, 마음은 깊어진다. 기다림은 곧 깨달음이 된다.

선의 길에서 차는 깨달음의 동반자였다.
선승들은 말 대신 찻잔을 들었고, 그 안에서 무심無心의 세계를 보았다.
끓는 물의 온도, 잎이 피어나는 호흡. 그 모든 과정이 곧 지금 이 순간에 깨어 있는 훈련이었다.

"차는 마음을 맑게 하는 스승이다."

고요 속에 차를 우리는 일은 생각을 덜어내고 존재를 비워내는 수행이
었다.
차는 인간의 시간을 자연의 리듬에 맞추게 했다.
끓음과 식음, 뜨거움과 식음 - 그 모든 온도 속에 균형의 미학이 숨어 있다.

다례는 단순한 예절이 아니다. 그것은 관계의 언어이자 배려의 형식이다.
찻사발을 잡는 손끝에서 우리는 관계의 온도를 느끼고, 한 모금의 차 속
에서 자신을 위로하며 연민을 배운다.

잔을 내밀고, 향을 나누고, 눈을 마주치는 그 순간, 그 안에는 '존중'과
'균형'이라는 인간의 본질이 깃들어 있다. '차 한 잔의 여백' 속에는 고요
가 흐르고, 그 고요가 곧 명상이 된다. 한 잔의 차는 결국 마음의 자리를
비추는 거울이다.
조급함은 향을 놓치게 하고, 탐욕은 온도를 흐리게 한다.

차는 묻는다.
"너는 지금 어떤 마음으로 존재하고 있는가?"

차는 말하지 않는다.
그러나 그 침묵 속에서 인간은 비로소 자신을 듣는다.

한국 차문화의 본질은 중정中正, 넘치지도 모자라지도 않는 마음이다.

균형과 절제, 그리고 바름의 길.

차를 대하는 마음이 중정일 때 삶 또한 조화롭고 평온해진다.

그 마음은 곧 도道의 자리, 자연과 나, 세상과의 합일이다.

고려의 선비들은 차를 마시며 시를 짓고, 도를 논했다.

이규보와 정몽주는 차로 품격을 닦았고, 민화 속에는 화로 위에서 차를 우리는 풍경이 남았다.

임진왜란 때 일본으로 전해진 찻사발 43점은 우리 차문화가 단순한 취향이 아닌 정신문화의 상징이었음을 증언한다.

쌍계사 칠굴암, 장유거리의 전통, 그리고 하동의 다원茶園에는 천년의 향기가 여전히 머문다.

끽다거喫茶去
– 차 한 잔의 법문

선사가 제자에게 건넨 한마디,

"끽다거喫茶去 – 차나 한잔 하고 가라."

그 말은 단순한 권유가 아니라 삶의 가르침이었다.

한 잔의 차로 모든 근심이 씻기고, 모든 번뇌가 사라진다.

남는 것은 오직 '본래의 나'뿐이다.

찻사발을 닦고, 샘물 같은 마음으로 찻물을 따르고, 말차를 두 숟가락 넣

어 사랑의 숨소리를 낸다.

향을 보고 색을 느끼며 두 손에 따스함을 담는다.

그 한 잔이 세상과 나 사이의 벽을 허물고

삼라만상을 비추는 거울이 된다.

차가 뜨거울 때는 욕망을 비추고,
식을 때는 진실을 드러낸다.

한 모금의 고요,
그것이 바로 존재의 선禪이다.

선禪과 다도茶道의 만남

차茶와 선禪의 인연은 당唐나라로 거슬러 올라간다.

육우陸羽의 〈다경茶經〉이 차의 철학을 정립한 뒤 선종 수행자들은 차를 깨달음의 도구로 삼았다.

'차선일미'茶禪一味 - 차와 선은 한 맛이다.

차는 단순한 음료가 아니라 마음을 비우고 지금의 순간에 머무는 수행의 방식이었다.

송대宋代에 이르러 다도茶道는 사찰과 문인 사회로 확산되면서 배려와 절제, 조화의 미학으로 정제되었다.

이 정신은 일본으로 건너가 '와和·경敬·청淸·적寂'의 다도 철학으로 계승되었다.

차는 선의 수행이 되었고, 그 향은 마음의 형식이 되었다.

찻잔 속의 고요

물결이 멈추면
잎은 스스로 바닥을 찾는다.

뜨거움이 식을 때
향은 비로소 피어난다.

말하지 않는 차의 고요 속에서
나는 나를 듣는다.

내 마음의 물결은 지금 맑은가, 흐린가?
나는 오늘 얼마나 고요히 나 자신을 따르고 있는가?
차처럼, 나는 언제 뜨거움을 내려놓고 향을 피우는가?

33장. 불교·도교·유교의 만남

동양 사유의 교차로, '길 위의 철학'이 태어난 자리

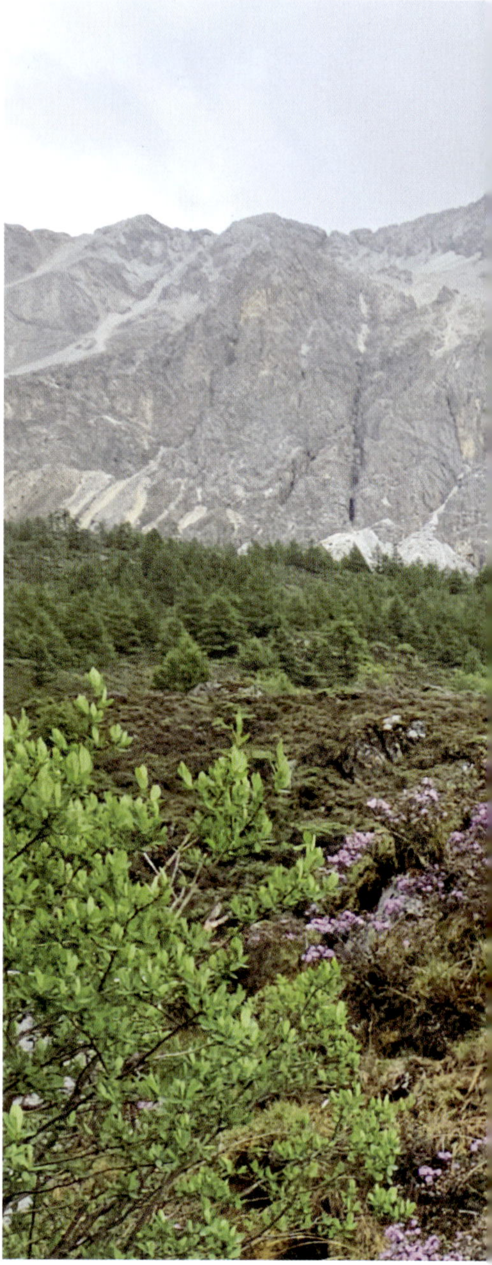

동양 사상의 교차로

차마고도와 실크로드는 불교·도교·유교가 만난 영적 회랑이었다. 불교는 인도의 사유를 품고 중국으로 전해지며, 도교의 무위無爲와 유교의 질서와 어우러져 '삼교합일'三敎合一의 지혜로 피어났다. 그 융합은 차이를 지우는 혼합이 아니라 다름을 품는 공존의 철학이었다. 마음의 깊이, 자연의 자유, 관계의 조화가 하나의 인간상으로 완성된 자리였다.

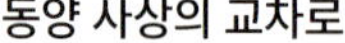

"걸음 하나하나가 인간의 사유였다."
하늘과 땅, 그리고 인간의 길이 하나로 흐를 때
사상은 생명이 된다.

길 위에서 피어난
사유의 문명

차마고도는 사유思惟의 길이었다.

그 길 위에서 문명과 종교, 철학은 끊임없이 교류하며 마침내 '하나의 인간 정신'으로 수렴되었다.

불교의 자비慈悲, 도교의 무위無爲, 유교의 도리道理가 이 길 위에서 만나 서로의 결을 닦으며 진화했다.

길은 곧 사상의 강이었고, 그 흐름은 인간을 깨달음과 영성의 세계로 이끌었다.

불교는 마음의 해탈을, 도교는 자연과의 합일을, 유교는 인간 사이의 조화를 가르쳤다. 각기 다른 길이었지만 그 근원에는 모두 '중용'中庸과 '조화'調和의 빛이 흘렀다.

티베트의 사원에는 불교의 향이 피어올랐고, 쓰촨의 도관道觀에는 바람과 물의 철학이 스며 있었으며, 중원의 서당에는 인간의 도가 익어갔다.

그 길 위에서 세 사상은 서로 스며들고, 섞이고, 번져가며 마침내 '살아 있는 영성'이라는 동양 문명의 심장을 잉태했다.

불교는 마음을 비추고,
도교는 자연을 가르치며,
유교는 인간을 일깨웠다.

다른 길이었지만
모두 같은 진리를 향하고 있었다.
그 근원은 언제나
우리 안에 있었다.

하늘과 인간의 대화
– 유불선儒佛仙 천지합일의 사상

하늘은 이치를 품고, 땅은 생명을 품으며, 인간은 그 사이에서 길을 찾았다.

세 사상은 서로 다른 언어로 하나의 진리를 노래했다.

하나는 마음의 빛으로, 하나는 자연의 흐름으로, 또 하나는 인간의 도리로.

그리하여 하늘과 인간은 분리된 두 존재가 아니라 서로를 비추며 순환하는 하나의 생명으로 이해되었다.

그 길 위에서 인간은 마침내 깨달았다.

세상의 중심은 밖에 있지 않다.

그것은 언제나 자기 마음의 가장 깊은 곳에 있었다.

길 위의 철학

산은 도道를 품고,
물은 선禪을 닮는다.

바람은 마음을 스치고,
길은 사유를 낳는다.

세 사상은 하나의 존재를 가리킨다.
하늘과 땅, 그리고 인간,
모두 하나의 길 위에 서 있다.

나는 지금 어떤 '길의 사상' 위를 걷고 있는가?
내 안의 불교·도교·유교는 어떻게 공존하고 있는가?
다름 속의 조화, 그것이 나의 영성이 될 수 있을까?

벽화와 경전의 행렬,
'이동하는 도서관' 차마고도

"차마고도는 인간이 쓴 가장 긴
한 권의 책이었다."
길은 사라지지 않는다.
그것은 지금도
사람의 마음속에서 계속 써지고 있다.

과거의 지혜로
현재의 문명을 비춘다

차마고도는 문명과 신앙, 언어와 예술이 오가던 살아 있는 기록의 길이
었다.
그 길은 움직이는 박물관이었고, 인류가 발자국으로 써 내려간 거대한
책이었다.

사람들은 말을 몰고, 차를 싣고, 경전을 짊어지고 험한 산맥과 깊은 협곡
을 넘어갔다.
그들의 바람 속에는 사상이 실려 있었고, 그 생각은 먼 땅의 마음에 닿
았다.

티베트와 윈난, 쓰촨을 잇는 길 위에는 불교의 탑과 벽화, 도교의 상징,
유교의 비문이 함께 있다.
티베트의 불화唐卡·Thangka에는 신앙의 숨결이, 윈난의 암각문자에는 인간
의 사유가 새겨져 있다.

한 장의 벽화는 한 권의 성서였고, 한 점의 비문은 한 시대의 철학이었다.
차마고도는 문자 이전의 도서관이자 사유가 발자국으로 남은 '이동하는
문명'이다.

길에는 아직 따뜻한 온기가 남아 있다.
그 온기는 벽화의 색, 경전의 숨결,
바람에 실린 옛말의 리듬으로 살아 있다.

그 길을 걷는 사람은
기록하는 존재가 아니라
'생각하는 존재'로 다시 깨어난다.

길을 걷는다는 것은 곧 생각을 잇는 일이었다.

돌 하나, 흙 한 줌에도 인간의 숨결과 시간이 배어 있었다.

그 길 위의 시간은 멈추지 않았고, 모든 발자국이 곧 인류의 지문이 되었다.

아무도 보지 않아도 생명은 여전히 피어나고 있었다.

"차마고도는 인간이 쓴 가장 긴 한 권의 책이었다."

나는 오늘 어떤 '길의 사상'을 따라 걷고 있는가?
나의 말과 행동은 어떤 생각의 흔적으로 남았는가?
빠르게 변하는 시대 속에서 나는 무엇으로 나의 흔적을 남기고 있는가?

길 위의 문자

바람이 지난다 —
돌 위의 문장을 읽듯이.

발자국마다 사유가 피어나고,
먼 산의 그림자가 문장이 된다.

경전이 말하지 못한 것들,
그것을 길이 기억한다.

35장. 디지털 순례자 -
AI 시대의 차마고도를 걷다

AI 시대의 생태 철학, 자연을 거스르지 않는 생존의 법칙

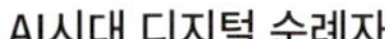

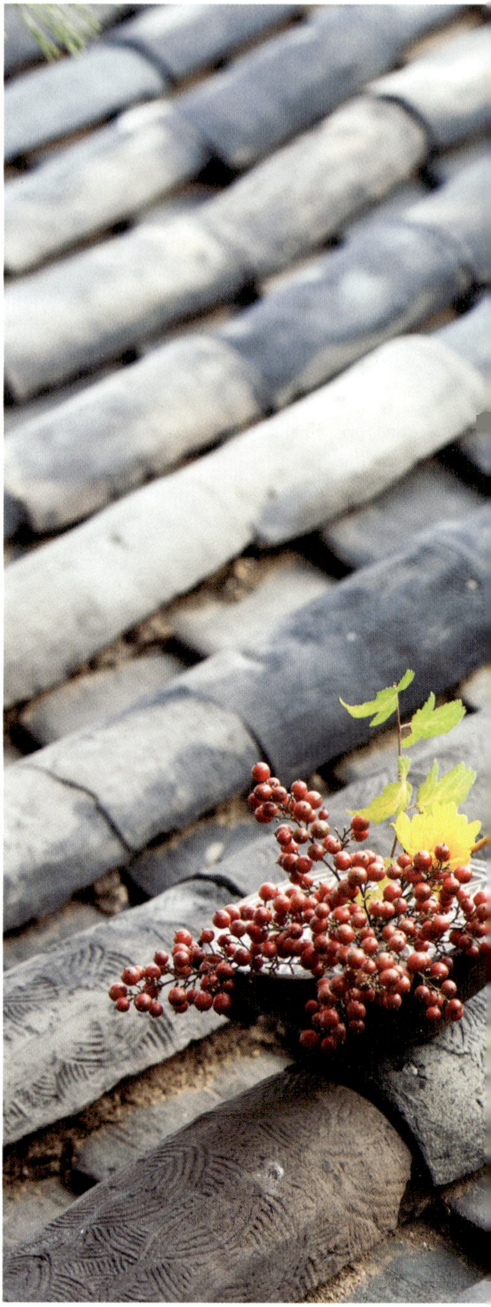

AI시대 디지털 순례자

AI는 현대의 차마고도다. 옛 상인들이 차와 경전을 나르며 문명을 이어갔던 것처럼 오늘의 인류는 데이터와 알고리즘으로 새로운 디지털 교역로를 걷고 있다. 그러나 진정한 순례자는 속도를 추구하는 탐험가가 아니라 깊이를 탐구하는 철학자다. AI 시대에 우리가 지켜야 할 것은 '연결의 기술'이 아니라 '공존의 지혜'. 그것이 천년을 견딘 인간의 길이며, 미래 문명을 비추는 지속가능한 빛이다.

"미래의 길은 데이터가 아니라
지혜로 걷는 자들의 길이다."

천년을 견딘 지혜,
미래를 비추는 '지속가능성'

AI 시대의 순례자는 더 이상 말을 타지 않는다. 하지만 그는 여전히 같은 길을 걷고 있다. 지식을 넘어 '의미'를 향해 나아가는 길을.

기술은 발전했지만 인간의 여정은 언제나 관계와 자각의 순례였다. 오늘의 우리는 새로운 차마고도를 걷는다. 디지털의 사막을 지나며 AI와 함께 새로운 문명의 언덕을 넘는다.

그 길은 빠르지만 때로는 공허하다.

속도가 깊이를 대신하고, 정보가 사유를 삼킨다.

그러나 천년 전의 순례자들은 이미 알고 있었다.

'지속가능한 문명'은 자연의 리듬을 거스르지 않는다는 것을.

AI 시대의 진정한 혁신은 '기술의 진보'가 아니라 '의식의 진화'에 있다.

디지털 순례자는 데이터를 소비하는 사람이 아니라 그 너머의 의미를
찾는 사람이다.

그는 다시 걷는다. 자연의 숨결과 인간의 양심이 함께 흐르는 길을.

그 길 위에서 AI는 도구가 되고, 인간은 다시 스승이 된다. 지혜는 여전
히 발 아래, 시간은 여전히 길 위에 있다.

AI의 시대, 인간은 다시 묻는다.
무엇을 배우고, 무엇을 잊고 있는가.

기술보다 지혜, 속도보다 숨,
효율보다 관계

그것이 미래 문명을 지탱하는
보이지 않는 리듬이다.

디지털 순례자

데이터의 사막을 지나
나는 또 다른 길을 걷는다.

화면은 밝지만 마음은 어둡고,
신호는 빠르지만 대화는 멀다.

그러나 그 침묵 속에서
한 줄기 바람이 속삭인다.

"길은 여전히 네 안에 있다."

나는 지금 어떤 '디지털 차마고도'를 걷고 있는가?
AI 시대의 인간으로서, 나는 어떻게 자연과 공존하고 있는가?
기술의 진보 속에서 나는 얼마나 '의식의 진화'를 이루고 있는가?

모든 길의 끝에서
인간은 다시 자기 자신으로
돌아온다

존재의 귀향과 문명의 빛

차마고도의 끝, 라싸는 '신의 땅'이라 불리는 성
지다. 수많은 순례자들이 그곳에서 도착과 귀향
을 동시에 맞이한다. 포탈라궁의 붉은 벽은 세월
의 피를 머금고, 조캉사원의 황금지붕은 인간의
기도를 비춘다. 그리고 순례자는 깨닫는다. 길의
끝은 세상의 바깥이 아니라 자신의 내면 깊은 곳
에 있음을.

"길은 기록이 아니라 살아 있는 생명이다."
고요한 길의 끝에서 인간은 본래의 빛으로 귀향한다.

길은 기록이 아니라
살아 있는 생명이다

모든 여정의 끝에는 한 존재가 서 있다.

수많은 발자국을 지나온 이는 결국 '나'라는 가장 깊은 길에 도착한다.

차마고도는 과거에 멈춘 길이 아니다.

그 길은 지금도 인간의 마음속에서 사유하고, 호흡하며, 살아 숨 쉬고 있다.

문명은 강물처럼 흘러가지만 그 숨결은 여전히 우리 안에 머문다.

길은 단지 기록이 아니라 시간 속에서 되살아나는 생명이다.

고요한 길의 끝, 인간은 마침내 본래의 빛으로 돌아온다.

모든 문명의 목적은 결국 '존엄한 인간의 회복'이었다.

문명은 도구로 진화하고,
인간은 다시 의미를 배운다.
가장 오래된 길은
언제나 가장 깊은 '나'로 이어져 있었다.
길은 끝나지 않는다.
그 끝에서 인간은 다시 존재로 깨어난다.

내가 걷는 문명은 인간을 위한 길인가, 속도를 위한 길인가?
나는 지금 어디로 가고 있으며, 어디로 돌아오고 있는가?
길의 끝에서 나는 무엇으로 존재를 증명할 것인가?

귀향

먼 길을 돌아
결국 나에게 이르렀다.

길은 나를 멀리 데려갔지만
다시 데려온 것도 길이었다.

시간은 흘러도
숨결은 남는다.
그것이 문명의 빛이다.

존재의 귀향 – 빛으로 돌아가는 길

길의 끝은 언제나 새로운 시작이었다.
차마고도를 걸으며 나는 깨달았다.
문명보다 오래된 것은 기술이 아니라
서로를 향한 마음의 길이었다.

문명은 우리를 멀리 데려갔지만
그 끝에서 마주한 것은 언제나 자기 자신이었다.
속도는 늘었으나 방향을 잃고,
소리는 커졌으나 마음의 목소리는 희미해졌다.

"길은 땅 위에 있지만
진짜 여정은 내면에서 시작된다."

길은 늘 우리 곁에 있었다.
때로는 바람으로, 때로는 마음속 침묵으로.
우리가 길을 걷는 것이 아니라
길이 우리를 걸어가게 했다.

길이 나를 데려온 곳은
내 마음의 가장 깊은 자리였다

차마고도는 오래된 문명의 길이지만 그 속에서 깨어나는 것은 언제나 지금의 나였다. 산과 강, 돌과 바람, 사람과 차 — 그 모든 것은 결국 나를 비추는 거울이었다. 지혜는 멀리 있지 않았다. 멈추고, 듣고, 기다릴 때 조용히 스며드는 삶의 리듬이었다.

길의 끝은 종착지가 아니다. 그곳은 다시 출발점이 된다.

모든 만남은 떠남을 품고, 모든 떠남은 귀향을 품는다. 이제 나는 안다. 길이 나를 데려온 곳은 세상이 아니라 내 마음의 가장 깊은 자리였음을.

이제, 당신의 길을 걸으라. 그 길 위에서 당신은 '인간으로 산다'는 것의 가장 순수한 의미를 만나게 될 것이다.

《차마고도, 고요한 길 위의 존재 수업》은 여행의 기록이 아니라 존재의 회복에 관한 이야기다. 이 책은 인용보다 경험으로, 정보보다 통찰로 썼다. 길 위의 흙과 숨결이 곧 가장 깊은 문헌이었다. 마지막 장을 덮는 순간, 당신의 길도 시작될 것이다.

나는 생명과 존재의 답을 찾아 세상의 여러 정상에 올랐다. 탄자니아의 킬리만자로, 히말라야 안나푸르나의 토롱패스, 말레이시아 키나발루산, 대만의 옥산, 몽골의 하샤산과 엉거츠산, 중국의 삼청산과 황산. 그 산들의 바람과 고요가 나의 글과 사유의 밑거름이 되었다.

이 책의 진정한 참고문헌은 '걸음'이었다. 내가 밟은 돌, 마신 바람, 만난 사람, 그리고 침묵 속에 흘러간 시간들 — 그 모든 것이 차마고도가 내게 남긴 살아 있는 문헌이다.

잊지 못할 여정의 기억을 되새길 때면 나는 늘 KBS 다큐멘터리 〈2007 차마고도茶馬古道〉6부작를 보았다. 그 영상은 길 위의 숨결을 되살려주는 또 하나의 창이었다.

또한 AI 시대의 기록과 사유를 엮는 과정에서 저자의 여행 경험을 바탕으로 지리·문화·역사적 사실의 검증을 위해 ChatGPT와 NAVER 자료를 참고하여 정확성과 신뢰를 높이기 위해 노력했음을 밝힌다.

모든 길은 결국 한 줄의 빛이 되어 다시 인간에게로 돌아온다. 당신도 그 빛의 길 위에서 새로운 여정의 주인공이 되길 바란다.

고요한 감사와 함께
감선 류현미